ホタルの森と魔女の秘密

アイシャ・ブシュビー 作
中林 晴美 訳

フレーベル館

A Flash of Fireflies

by Aisha Bushby

First Published in Great Britain in 2022 by Farshore
Published by arrangement with Rogers, Coleridge and White Ltd.,
through Tuttle-Mori Agency, Inc., Tokyo.
Japanese edition published by Froebel-kan Co., Ltd., Tokyo.

装画・挿絵　北澤平祐
装丁　椎名麻美

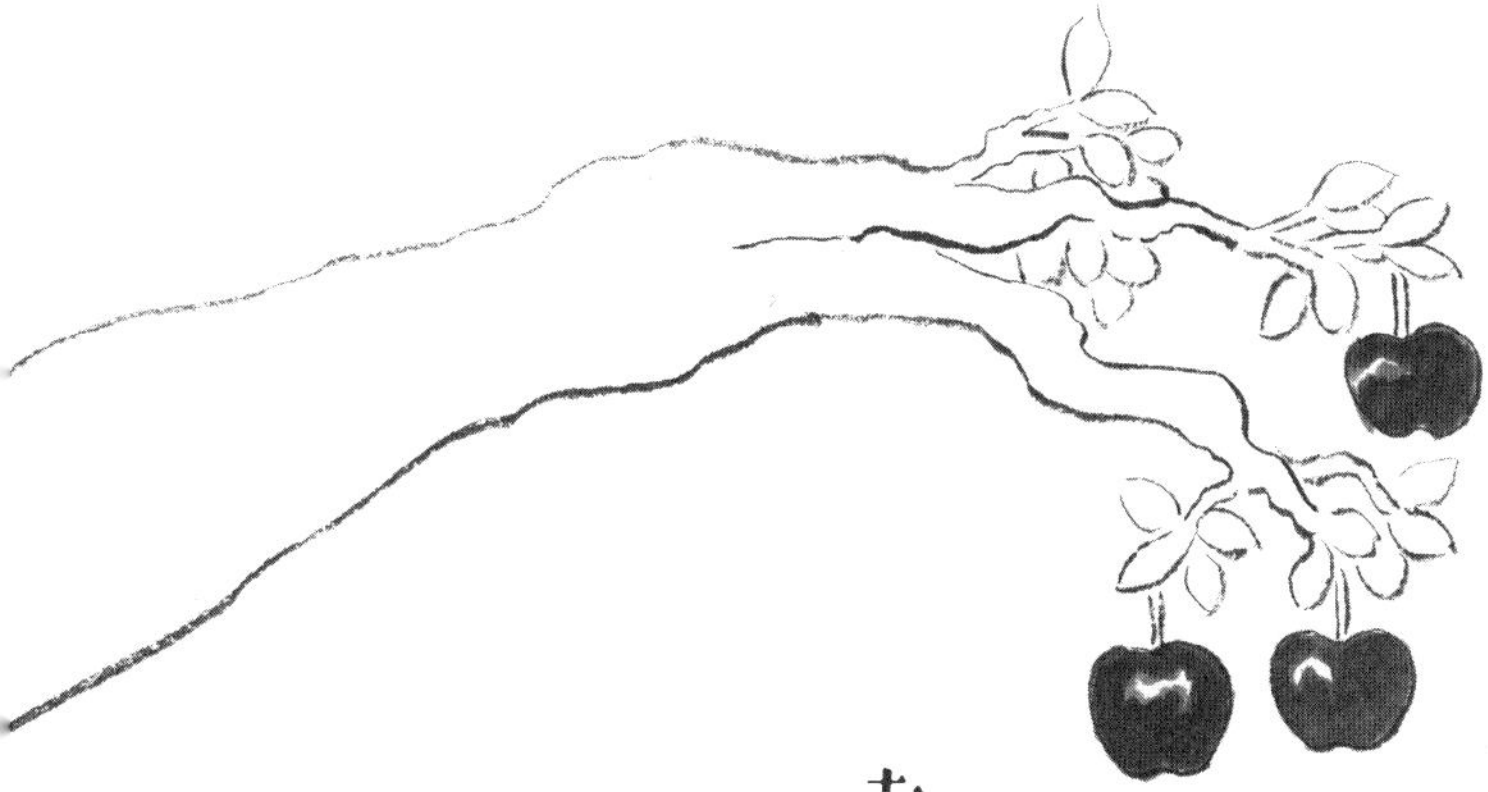

むかしむかし……

ある砂漠《さばく》の国に、女の子が、お父さんとお母さんと暮《く》らしていました。女の子は、焼けるように暑い夏の日に、家の中庭をはっていくアリをかぞえるのが大好きでした。アリは列になって、一匹《ぴき》ずつ、コンクリートの家の壁《かべ》の割《わ》れ目《め》に消えていきます。女の子はアリをかぞえながら、歌をうたいました。

アリの行進だ
フレー、フレー
一匹《ぴき》ずつゆく
フレー、フレー
アリの行進だ
おちびとまり、指しゃぶり
ほら急げ、雨だぞ、進め
地下へもぐれ
タン、タン、タン

最後の「タン、タン、タン」で、女の子はきまって三回手をたたいてから、二番の歌詞《かし》、三番の歌詞《かし》と順にうたっていくのでした。

ときには何時間でも、そうやってアリをかぞえていることがありました。太陽がしずみ、もうアリが見えなくなるまで。風が出てきて、冷えるといけないから中に入りなさいと呼《よ》ばれるまで、ずっと。

ある日、女の子がアリをかぞえていると、目の前に別の生き物が一匹《ぴき》、舞《ま》いおりてきました。ホタルです。つづけてもう一匹《ぴき》、さらにもう一匹《ぴき》あらわれました。三匹《びき》のホタルは女の子といっしょにうたいだしました。女の子は気づくと、この三匹《びき》のあとにつづき、行進していました。三匹《びき》が壁《かべ》に近づいたときです。すっと割《わ》れ目《め》ができました。ちょうど、アリが消えていったのと同じような割《わ》れ目《め》です。でも、こちらはどんどん大きくなっていきます。女の子は、ホタルのあとにつづいて、中に入っていきました。

壁《かべ》の割《わ》れ目《め》の向こうに、なにがあるのか？　それを知っているのは、女の子と三匹《びき》のホタルだけでした。女の子は、すぐに家にもどってきましたが、おみやげ話がたっぷりありました。不思議な森での楽しい冒険《ぼうけん》のこと、あまくささやきかけてくるホタルのこと。お父さんとお母さんは、その話に耳をかたむけました。やはり、子どもというのは想像力《そうぞうりょく》が豊《ゆた》かですから、いろいろな物語を作るものです。ただ、ふたりとも、女の子が本当に行った冒険《ぼうけん》の話をしているとは思っていませんでした。なにかのおとぎ話のようだったからです。

それからまもなく、女の子の語る楽しい話は、悪夢《あくむ》のように恐《おそ》ろしいものへと変わりました。三匹《びき》のホタルが夜な夜なやってきて、いつも、シャッ、シャッ、シャッと、しつこく引っかいてくるというのです。お父さんとお母さんは、心配になりました。女の子の両手には、引《ひ》っかき傷《きず》がいくつもあったからです。さながら、落ちないインクのしみのようでした。

そこでお父さんとお母さんは、そのホタルが来たら必ずいうようにと女の子にいいきかせました。こういうことにくわしい医者にも相談しました。するとどうでしょう。うまくいき、ホタルの呪《のろ》いがとけたではありませんか。あの三匹《びき》が女の子を苦しめることは、もうなくなりました。

やがて時が流れ、女の子の記憶《きおく》は、手の引《ひ》っかき傷《きず》とともにうすれていきました。アリのこともホタルのこともわすれて、女の子は、いろいろな遊びをしました。遊んでいるうちに、ひざやひじをすりむくことはありましたが、お父さんとお母さんが心配するような引《ひ》っかき傷《きず》が手にできることはありませんでした。

三年の月日がたったある日のことです。とつじょとして、女の子の生活は一変しました。まるで、晴れわたった青い空に、とつぜん真っ黒な雨雲があらわれたようでした。

すると、お父さんとお母さんがあれほど苦労して葬《ほうむ》りさったはずの過去《かこ》が、目をさまします。あの三匹《びき》のホタルが、人知れずよみがえり、そろそろとはいでてきたのです。ふたたび、女の子をわがものとするために……。

1

「やっぱりパパたちといたいよ。おねがい、おねがい。ね、おねがい。いいでしょ?」

あたしは、パパに全力でしがみつく。だって、ママよりパパのほうがあまいから。

ここは、クウェート国際《こくさい》空港の出発ロビー。公用語のアラビア語ではもちろん、英語でも、館内アナウンスがしょっちゅう流れている。

ハァーッと、いらいらしたように深いため息をついたのは、ママだ。

「ヤー、エルビー(注・アラビア語で「ちょっと、おじょうさん」の意)。もう何度も話しあって、きめたことでしょ。ほんの何週間か、はなればなれになるだけじゃない。こっちは、これから引《ひ》っ越《こ》しの準備《じゅんび》でばたばたするし、段《だん》ボールだらけの家にいたら、あなただってたいくつでしかたないわよ。それに、九月から中学校がはじまるでしょ。だからそのまえに、向こうの生活に慣《な》れてほしいの」

「むりだって。ぜんぜん知らない国で、知らない人と住むなんて」

あたしは文句《もんく》をいってやる。まだパパにしがみついたままだし、パパもされるがまま。すっかりだまりこんでいる。

ママが、大げさに目をぐるりとまわす。まったく、この子は、って声が聞こえてくるようだ。

「あのね、ヘイゼル。あなたの大おばさんは、パパを育ててくれた人なの。パパが小さいころから、おとなになって、イギリスを出るそのときまで、ずっと。大おばさんは、あなたと同じ、家族の一員なのよ。ねえ、ヘイゼル、正直――」

「だから、なに？　じゃあ、あたしも大おばさんのことをお母さんだと思って、『ママ』って呼《よ》ぼうか？」

そういいながら、顔を思いきりしかめる。夏の間ずっと、大おばさんとふたりきりだなんて、ほんとにだいじょうぶかな？

「お好きにどうぞ」ママがプッと吹《ふ》きだした。鼻を鳴らして笑っている。「そうしたら、わたしも少し『ママ』をお休みできるわね。思いきって旅行しちゃおうかしら。そうだ、ネパールなんていいかも。まえから行きたかったのよね！」

ふざけているママは無視《むし》して、あたしは、やっとパパから体をはなすと、茶色がかった緑の目をじっとのぞきこむ。よし、口ひげがぴくぴくしだした。あとひとおしで、パパは折れるぞ。目をきょろきょろさせてるし、やたらとはなもすすっている。

「ねえ、パパ、意地悪なママがあたしを追いはらおうとしてる。おねがいだから、やめさせてよ、ね？」

パパが、ため息をつく。これは、いやな話をしなければならないときのため息……。

「パパたちもすぐに行くって、わかってるだろう？　そうしたら、イギリスでひとつの家族になるんだ。大きくて幸せな家族だよ。みんな、それでいいっていったじゃないか」

「あたしは、いってない」と抗議《こうぎ》する。「パパがいったんでしょ」

そのとおりというように、パパはゆっくりうなずく。

「だから、ママは悪くないよ」

「いいや、わたしが悪いのさ」

ママが、しゃがれた声でいう。完全にお芝居《しばい》モード。

「なにもかも、このわたしのせい。わたしは、おまえをうちから連れさるジンなのだ」

このあたりでは、精霊《せいれい》のような不思議な生き物をジンと呼《よ》ぶ。ママがそれになりきって、あたしたちのまわりをそろりそろりとまわりだすもんだから、何人かがふりかえって、けげんな顔をする。

「やめてよ、ママ」

みんなの視線《しせん》が痛《いた》くて、あたしは子どもをしかる親みたいにいう。でも、ママがヒッヒッと悪そうに笑うから、思わず、にーっとしてしまう。

そのとき、館内アナウンスのチャイムが響《ひび》いた。ロボットのような声が、あたしの乗る飛行機の便名と搭乗口《とうじょうぐち》の案内をはじめる。とたんに、おなかの中が引っくりかえって、ぐるぐるまわりだす。とうとう、このときが来てしまった。ほんとのほんとに、来ちゃったんだ。もうすぐ、ひとりで飛行機に乗って、クウェートからイギリスへ行く。夏の終わりには、パパとママも来る。それはわかってるけど、今いっしょに行けたら、どんなにいいだろう。

大勢《おおぜい》の人がぞろぞろと保安検査場《ほあんけんさじょう》に向かいはじめた。ひとかたまりになって泳ぐ魚の群れみたい。あたしまで、そっちに引っぱられているような気がする。パパとママから、そしてうちから引きはなされていく。

「ヘイゼル・アル＝オタイビさんですか？」

ふいに、聞きなれない声がした。

「アル＝オタイビ」というのは、もともとママの名字だ。パパとママは結婚《けっこん》したとき、アル＝オタイビを家族の名字にすることを選んだ。パパには両親とのつながりがほとんどないから。

声のしたほうをふりかえると、すぐそこにキャビンアテンダントが立っていた。つややの黒髪《くろかみ》に、やさしい目をした男の人だ。バービー人形の恋人《こいびと》ケンのようにまぶしい笑顔《えがお》で、きちんとした姿勢《しせい》のままじっと立って、しんぼうづよく返事を待っている。

「はい、そうです」

あたしのかわりに、パパが答える。

その人は、ムハンマドさんといった。でも、ムーさんと呼《よ》んでくださいね、とあたしにいう。

とつぜん、ママがあたしの手をつかむ。ぎゅっと強く。その目を見れば、わかる。ママもあたしと同じくらい、はなればなれになるのがつらいんだ。たとえ、ほんの短い間だけだとしても。

「ママたちもすぐ行くから、それまでがんばるのよ。いいわね？」

ママの目に光るものがある。あたしは、はなをすすりながらうなずくと、ママをもう一度抱《だ》きしめる。ママのにおいを深く吸《す》いこむ。コーヒーの香りだ。

パパが、スーツケースをわたして、じゃあな、という。声がふるえている。

あたしは、ムーさんのほうを向く。

ムーさんが、やさしくほほえむ。

「だいじょうぶ。あちらに着くまでずっと、わたしがついていますからね」


保安検査場《ほあんけんさじょう》を通ると（金属探知機《きんぞくたんちき》のゲートをくぐるとき、靴《くつ》をぬいで、ソックスのまま歩くようにいわれたけれど、変な感じだった）、ムーさんに連れられて、専用《せんよう》のラウンジへ行った。でもあっというまに、飛行機に乗る時間になった。あたしは、ほかのお客さんより先に乗せてもらえた。飛行機の中にはまだ、乗務員《じょうむいん》が何人かしかいない。

「子どものお客さまが、ひとりで飛行機に乗る場合、ＶＩＰのお客さまと同じ、最高のおもてなしが受けられるんですよ」

ムーさんが教えてくれる。あたしはあとについて、ファーストクラスの通路を進む。この座席《ざせき》は豪華《ごうか》で、たおせばベッドになる。となりのビジネスクラスの客室に行く手前で、ムーさんがふりかえって、いった。

「アル＝オタイビさん、ラッキーでしたよ。席があいていたので、ファーストクラスにアップグレードできたんです！」

「えっ、ほんと？」

あたしは、ゆったりとしたぜいたくな座席《ざせき》を見つめる。

ムーさんが座席《ざせき》に案内してくれた。

「こちらへどうぞ。ビジネスクラスのすぐ近くです。ここなら、きちんとあなたのことを見てあげられますからね」

そこは、カーテンを引けば、あたしだけの隠《かく》れ家《が》になりそうだ。好きなだけ炭酸飲料《たんさんいんりょう》を飲んでいいし、デザートのおかわりも自由だって。今日は不思議な日だな。怖《こわ》いし、自分の世界が引っくりかえろうとしているけれど、楽しくもある。

エアコンがつくと、すずしい風がやさしく吹《ふ》いて、ちょっと落ちついた。エアコンのかすかな音も、気持ちいい。うちでも夜はいつも、この音を聞いているうちに、眠《ねむ》ってしまうのだ。

モニターでお気に入りのテレビ番組を見られたので、それをつけっぱなしにしておいた。もう全話見たことがあるけど、よく知っているものがあるのはうれしい。機内食（ピザとフライドポテトとチョコレートケーキ！）のあとは、猫《ねこ》みたいに丸くなって、うたた寝《ね》をくりかえす。ムーさんは、きちんとあたしのことを見てくれているけど、そっとしておいてもくれるので、助かる。あたしにとって、このイギリス行きが一大事だってことが、ムーさんにはわかっているのだろう。

空の上にいると、なんだか世界が一時停止《ていし》しているような気がしてきて、いったん考えるのをやめる。はじめて大おばさんに会うこと。その大おばさんと、夏の間ずっと、ふたりきりで過《す》ごすこと。夏が終わったら、中学校がはじまること。ほかにも、これからはじまることをぜんぶ、頭のすみっこに追いやる。

かわりに、クウェートの家族や親戚《しんせき》のことを考える。ママには妹がふたりいるけれど、ひとりはアメリカに、もうひとりはシンガポールに、家族で引《ひ》っ越《こ》してしまった。弟もひとりいて、ママよりもあたしとのほうが年が近い。この弟は、もうすぐイギリスの大学に進学することになっている。弟が引《ひ》っ越《こ》してしまえば、ママの親戚《しんせき》はクウェートにはいなくなる。だからママも、新しい仕事を見つけて、新しい国へ行くことにきめたのだ。パパの生まれ育ったイギリスへ。

あたしはずっと、いとこたちに囲《かこ》まれて大きくなってきた。みんながいるときはよかったけれど、新しい生活のためにクウェートを出て、アメリカやシンガポールへ行ってしまってからは、ぜんぜんよくなかった。でも、次はあたしたちの番なんだろう。

シートベルト着用のサインがついて、まもなく降下《こうか》を開始しますという機長のアナウンスが流れる。窓《まど》の外を見ると、緑やオレンジや黄色の畑や野原が広がっていて、パッチワークのキルトみたい。道路が継《つ》ぎ目《め》で、家がビーズ。きれいだな……。

ガタンと急にゆれたかと思ったら、飛行機が降下《こうか》しはじめ、着陸の準備《じゅんび》に入る。とたんに、一時停止《ていし》していた世界とあたしの未来がブーンと音を立て、ぐんぐん近づいてくる。

2

これまでは、一週間の中で金曜日がいちばん好きだった。特に、おじいちゃんもおばあちゃんも元気だった三年前まで、金曜日はあたしにとって最高の日だった。

クウェートでは、金曜日から週末がはじまる。学校も、授業《じゅぎょう》があるのは日曜日から木曜日までで、金曜日と土曜日は休みだ。

だから金曜日にはよく、うちの家族と、いとことおばさんとおじさんが全員集まって、おじいちゃんとおばあちゃんといっしょにお昼を食べていた。あたしたちは、みんなで、ひとつだった。親戚《しんせき》という一枚《まい》の大きな布《ぬの》を織《お》りなす糸だった。

一日じゅう、いっしょに食べたり、おしゃべりしたり、遊んだりして過《す》ごした。あたしといとこたちはいつも、演劇《えんげき》の練習をしていた。夕方、おとなたちの前で発表するためだ。BGM担当《たんとう》はママの弟で、練習のときに太鼓《たいこ》を手でポンポンポンとたたいて音楽を考え、本番でも演奏《えんそう》してくれた。

いとこたちの中では、あたしがいちばん年上。だから、いつもあたしが監督《かんとく》だった。でもときどきママに、ちょっといばりすぎだといわれて、しかたなく、二番目に年上のオマル（正確《せいかく》には七か月と四日、あたしより下だ）にまかせることもあった。

だけどオマルは、いつだって人をいらいらさせるし、めちゃくちゃだから、よく言い合いから取っ組み合いになって、ママたちに引きはなされた。でもおたがいに、いつまでも怒《おこ》っているようなことはぜったいになかった。だってあたしたちは、ひとつのチームだったから。あたしと、オマルと、オマルの妹の赤ちゃん（ほとんど泣いてばかりだった）と、それからアマルとアーディル。

どうしてあたしには、みんなみたいにきょうだいがいないのか、まえにママとパパにきいたことがある。そうしたら、あたしがいればそれで十分だっていわれた。ふたりにとって、あたしはかけがえのないさずかりものなんだって。それに、ひとりっ子で困《こま》ることなんて、ぜんぜんなかった。だって、週末はいつもいとこたちといっしょで、ちっともさびしくなかったから。

よくみんなで宿題をしたり、テーマパークやビーチへ行ったり、ゲルギーアーン（ハロウィーンみたいなものだけど、おばけはいない）では両手いっぱいにお菓子《かし》を抱《かか》えて歩きまわったりした。

そんなある日のことだ。あたしが、次の金曜日の集まりの準備《じゅんび》をしていると、パパとママが廊下《ろうか》でひそひそ話しているのが聞こえてきた。

「ねえ、なにかのまちがいってことはない？」と、ママ。

すごくおろおろしているようだった。

「だって、このあいだは、あんなに元気だったじゃない……」

「わかるよ、すごくつらいよね」と、パパ。

病院で注射《ちゅうしゃ》をいやがるあたしにいうときみたいに、静かな声だった。

少ししてから、おじいちゃんが亡《な》くなったんだと、あたしは気づいた。でもそのときにはもう、いろんなことが変わっていくんだろうと、なんとなくわかった。

その一年後、おばあちゃんも亡《な》くなると、親戚《しんせき》の糸がほつれだした。みんなが、新しい生活のことを考えはじめたのだ。あたしには、自分たちが、古くなってやぶれそうな布《ぬの》のように思えた。

そのうちに、オマルのところはアメリカに引《ひ》っ越《こ》すことにきめ、アマルとアーディルのお父さんはシンガポールで仕事を見つけた。

あっというまに、ママとパパとあたし、それからママの弟だけになってしまった。オマルと毎週会えなくなって、さびしかった。もしみんなを呼《よ》びもどせるのなら、よろこんで金曜日に毎回オマルに演劇《えんげき》の監督《かんとく》をやらせてあげただろう。

次は、あたしたちの番だった。ママとパパから、イギリスへ引《ひ》っ越《こ》すと聞かされた。もう家もきまっていて、パパのおばさんと住むことになっていた。その家は、みんなで住めるくらい広いからって。

「おとぎ話に出てくる、ジンジャーブレッドでできた家みたいなんだ。小さいころよく、寝《ね》るまえに聞かせてあげただろう？」パパは声をはずませた。「まさに『お菓子《かし》の家』だよ」

最初は、引《ひ》っ越《こ》すなんて悲しかった。でも毎日、ママとパパは、イギリス――あたしにとって、半分だけつながりのある国――のことをいろいろ話してくれた。引《ひ》っ越《こ》してもいいかもと思いはじめたのは、まだ見たことのない虫がたくさんいるといわれたときだ。小さいころよく、家の中庭でアリをかぞえながら歌をうたっていたのだけど、それからずっと、あたしは虫が大好き。外ではいつも、どこかにいないかと探《さが》しているくらいだ。

イギリスに行ったら、ほかにもいいことがありそうだった。雪が降《ふ》るし、冬にはコートを着られるし、休暇《きゅうか》にアメリカのオマルたちのところへ連れていってくれるというのだ。それを聞いて、あたしは、どこか新しい国に住むというのも、ちょっと楽しいかもしれないとさえ思うようになった。

親戚《しんせき》の糸はほつれ、別々の国で暮《く》らすことになったけれど、結局《けっきょく》、あたしたちは一枚《まい》の布《ぬの》のままだった。心は、変わらずひとつのまま。この先、それぞれがまたちがう国へ移《うつ》ることが何度も何度もあるかもしれない。それでも、あたしたちの心は永遠《えいえん》にひとつのままだろう。

3

飛行機が完全に停止《ていし》すると、機体に直接《ちょくせつ》とりつけられた金属《きんぞく》の急な階段《かいだん》をくだって、あたしは、コンクリート舗装《ほそう》の地面におりたった。七月の半ばだというのに、空気がひんやりとしている。空は雲におおわれて灰色《はいいろ》だ。あたしは、顔にあたるそよ風に案内されるようにして、空港の建物のほうへ向かう。

風には、ゴムとオイルのにおいがまじっている。飛行機のエンジンからは、白い煙《けむり》のようなものが出ている。でもそれらとは別に、かすかに松と草のにおいもする。

クウェートは、海に面した砂漠《さばく》の国だ。そこで生まれ育ったあたしにとって、ふるさとといえば砂《すな》と海であり、空気を吸《す》いこむたびに味わうことができて、のどの奥《おく》へ、血管へとしみわたるもの。内側からあたたかく抱《だ》きしめてくれる、「うち」と呼《よ》べる場所だ。

イギリスは、それとはちがう。よくわからないけど、変な感じ。今まで経験《けいけん》したことがないような、はじめての感覚だ。

ムーさんのあとについて、建物の中に入る。歩きながら、ムーさんは空港内の秘密《ひみつ》の通路のことや、そこへの行き方を教えてくれるけれど、あたしは半分しか聞いていない。いつもなら、そういう話は好きなのに。

頭の半分は完全にパニック状態《じょうたい》。水の中みたいに、ムーさんの声がくぐもって聞こえて、なにをいっているのかほとんどわからない。みんなが追いぬいていくのが、スローモーションのように見える。手荷物受取所への道のりは、永遠《えいえん》につづいているようだった。

ようやくたどりついたのはいいけれど、今度は、ベルトコンベアにのせられた手荷物がぐるぐるまわっているのを見ているうちに、ちょっと気持ちが悪くなってきた。自分がまわされているような気分だ。このままずっと、スーツケースが見つからなければいいのに。そうすれば、これまでの世界とこれからの世界の間に立ったまま、いつまでも新しい生活をはじめなくてすむんだけど。そう思いかけたとき、見つけてしまった。明るい黄色のスーツケース。すぐわかるように、これにしなさい、とパパとママがゆずらなかった色だ。

「あ、ありましたよ！」

ムーさんがスーツケースをとろうと、前に出る。なかなか持ち手をつかめず、小走りで追う。そのとき、あたしは確《たし》かに見た。三匹《びき》のホタルだ。それが、スーツケースの上を動きまわっている。一匹《ぴき》はファスナーのすきまから入りこもうとしていて、あとの二匹《ひき》は、ほつれた縫《ぬ》い目《め》の糸を引っぱっている。

心臓《しんぞう》がはねあがって、あたしは後ろに飛びのいた。そのひょうしに、だれかの荷物につまずきそうになる。あの三匹《びき》のことは、過去《かこ》に置いてきたと思っていた。でも今、ここにいる。それに、三匹《びき》が来るといつもそうだったように、両手が引っかかれたみたいに、ひりひりする。どうやってついてきたんだろう？　こんな遠い外国にまで。

ホタルというのは、明るく光る生き物だと思っている人もいるかもしれない。でも、それは夜の間だけだ。昼間は光らないので、ぱっと見には、クロカミキリのようでもある。羽は黒く、頭は赤い。まるで、本当のすがたをかくすために仮面《かめん》をかぶっているようだ。夜の間だけ、正体をあらわす。

あたしは、いろいろな生き物の群れを英語ではどう呼《よ》ぶのか調べるのが好きだ。群れの呼《よ》び方《かた》は、生き物によってちがうことが多い。それに、呼《よ》び方《かた》がひとつだけとはかぎらない。たとえば、ライオンの群れは「pride（プライド）」という。でも、魚の群れは「プライド」とはいわない。「school（学校）」だ。あたしだけに見えている、スーツケースの上を動きまわる三匹《びき》のようなホタルの群れなら、「light posse（光の集団《しゅうだん》）」とか「sparkle（きらめき）」とかいう。けど、もしホタルの群れを自由に呼《よ》んでいいとしたら、あたしは「flash（閃光《せんこう》）」がいいと思うな。稲妻《いなずま》みたいに。

三匹《びき》のホタルがあらわれるようになったのは、三年前、あたしが九歳《さい》のとき。おじいちゃんが亡《な》くなって、みんなが悲しみに暮《く》れていたころのことだ。最初、あたしとホタルは友だちだった。家族で住んでいた家の、焼けるように暑い中庭に、三匹《びき》はよくやってきた。あたしがそこで、ひたすらアリをかぞえながら歌をうたっていると、会いにくるのだった。そのうちに、ホタルはあたしを新しい冒険《ぼうけん》に連れだすようになった。

みずみずしい果物《くだもの》がたくさんなった一本の木に、いっしょにどんどんのぼっていき、てっぺんまで行った。

「いちばん大きい実をとっておくれ」

三匹《びき》のホタルはあたしの耳元で、あまくささやいたものだ。まるで、なにか秘密《ひみつ》を告《つ》げるみたいに。

「とったら、下まで運ぶんだ」

いつも、ひそひそ声でいった。

あたしは、いわれたとおりにした。

でも、とってやればやるほど、三匹《びき》は、もっともっと、とほしがった。すぐに、一本の木では足りなくなった。二本、三本と増《ふ》えていき、しまいには森じゅうの木にのぼらなければならなくなった。

しばらく無視《むし》しようとしたこともある。けれども、三匹《びき》は手を引っかいてきた。ぜったいにやめてくれなかった。シャッ、シャッ、シャッとやられているうちに、手がかゆくなって、ひりひりしてきた。とうとうこうさんすると、ホタルはまた、あたしを次の冒険《ぼうけん》にかりたてるのだった。三匹《びき》のために木の実を探《さが》して、とりつづけるという冒険《ぼうけん》に。

冒険《ぼうけん》と聞くと、けっこうわくわくするものだろう。たいていの物語は、冒険《ぼうけん》に行こうと語りかけてくる。でも、あたしの冒険《ぼうけん》は、めんどうだし、同じことのくりかえしだし、へとへとになるものだった。

だから、あの三匹《びき》のホタルが次はいつ来るかと、びくびくするようになった。まるで、頭の上に嵐《あらし》を呼《よ》ぶ雲があって、油断《ゆだん》したすきに雨を降《ふ》らそうと待ちかまえているようで、怖《こわ》くてたまらなかった。

結局、パパとママに病院へ連れていかれた。先生は、あたしが不安や心配になったときにホタルが来るようだといい、なにをいわれても聞かないようにとアドバイスしてくれた。最初は難《むずか》しかったけれど、ママとパパに助けてもらって、無視《むし》できるようになると、三匹《びき》は消え、もどってくることはなかった。

今の今までは。

ベルトコンベアで流れていくあたしのスーツケースに、ようやくムーさんが追いついた。よいしょ、と持ちあげて、おろす。

「ずいぶん重たいですね！」クックッと苦笑いをする。「いったいなにが入っているんですか？　死体とか？」

すぐに、十二歳《さい》の子どもにいうようなことじゃなかったと気づいたみたい。でも、あたしがアハハッと笑うと、ムーさんの表情《ひょうじょう》が少しやわらいだ。

もう一度スーツケースを見ると、三匹《びき》のホタルは消えていた。また息ができそうだ。

「次はどうするんですか？」

あたしは、ムーさんにたずねる。飛行機をおりてから、はじめて口をきいた。ふだんは、おしゃべりがとまらないタイプだけど。急に話す気になったのは、ホタルのせいだろう。

あの三匹《びき》からできるだけはなれたくて、またしつこくされるまえに、どこかへ追いはらってしまいたくて、うずうずする。

「次は」ムーさんがいう。「あのドアを通って、大勢《おおぜい》の中からあなたのおばさんを見つけます」

「じゃなくて、大おばさんです」あたしは、自分との関係を説明する。「だから、思っているより年だと思います」

それを聞いたムーさんは、どういうわけか声をあげて笑い、それから、あたしのスーツケースをのせたカートをおしはじめる。あたしは急いでついていく。

両開きのドアが自動で開くと、あいさつをかわす、やかましい声に包まれた。その声がまざりあって、ひとつのさわがしくて楽しい歌になっている。

大おばさんを見つけるまで少し時間がかかるかと思ったけれど、思ったよりすぐだった。

「いましたよ！」

ムーさんが女の人を指さす。

あたしが写真でしか見たことのない人だ。たくさんの人にはさまれているけれど、群れの女王アリのように目立っている。

「あ、はい」

あたしは急に口が乾《かわ》いて、胸《むね》がぎゅっとなる。大おばさんは、「ヘイゼル・アル＝オタイビ」とあたしの名前が書かれた紙をかかげている。むかしの本で見るような、きれいに手書きされた装飾《そうしょく》文字だ。でも、古めかしいのは、それだけじゃない。髪《かみ》をきっちりおだんごにまとめて、片側《かたがわ》をパールの髪留《かみど》めでとめているし、胸元《むなもと》にレースのひだ飾《かざ》りのついたブラウスを着て、赤いベルベットのズボンをはいている。ほかの人はみんな、ジーンズとTシャツなのに。あたしが大おばさんのことをなにも知らなければ、もとの時代に帰れなくなったタイムトラベラーだと思ったかもしれない。でもパパから、とても個性的《こせいてき》な人だと聞いていた。かんたんにいうと、ほかの人とはちがうってことだ。

こうして大おばさんを見てみると、パパといっしょのところがある。あたしをさがす目とか、クウェートの太陽に焼かれたら真っ赤になりそうな白い肌《はだ》とか。これまで、ママの親戚《しんせき》はたっぷりと見てきた。みんな、同じケーキのひと切れみたいに、大きなちがいはない。あたしには、ママの特徴《とくちょう》があちこちに織《お》りこまれている。鼻にも、くちびるにも、茶色い肌《はだ》にも。でも、パパのほうのケーキのひと切れを見たのは、これがはじめてだ。

うちでは、パパの両親の話はあまりしない。その人たちは、子育ては自分たちの手に負えないと考えて、パパの母親のお姉さんである大おばさんに、パパをあずけた。パパは大おばさんを心から愛している。大切に思うあまり、そのヘイゼルという名前をもらって、あたしにつけたくらいだ。でも大おばさんは、あたしとはじめて電話で話したときに、「オーバさん」と呼《よ》んでちょうだい、といった。「大おばさん」だからオーバさんよって。オーバさんは、それを思いついたとき、すごくうれしそうだった。ヘイゼルという名前を、贈《おく》り物《もの》としてあたしにくれたようだった。

オーバさんはあたしを見て、すぐにわかったみたい。笑《え》みが広がり、口元のしわがくっきりとする。オーバさんは、うなずくと、名前を書いた紙をおろした。

ムーさんから、では、おねがいします、といわれ、オーバさんはかがんで、あたしと目をあわせた。知らない人同士《どうし》の間で、あたしが引きわたされる。

「こんにちは、ヘイゼル」オーバさんがいう。

その目を見つめていると、パパといるような気がしてくる。だから、目をのぞきこんだまま、あたしはうなずく。

「こんにちは、オーバさん」

4

オーバさんの家までのドライブは、変な感じだ。服と同じように、車も古く、走っているとガタガタゆれて、しょっちゅうはずむ。あたしの歯と骨《ほね》までガタガタいってるみたい。それに、エンジンの音がうるさすぎて、オーバさんに話しかけられてもよく聞こえない。そのたびに聞きかえしているけれど、これがけっこう気まずい。だからって、なんの反応《はんのう》もしないのは失礼だし……。結局あきらめて、うなずくだけにした。

今、夕方の六時くらいだから、クウェートの空港でママとパパと別れてから、丸十時間だ。その間に、なにもかもが変わった。新しい世界というか、新しい次元に来たようでもあるし、オーバさんといると、むかしの時代に来たようでもある。

サービスエリアによって、なにか食べることになった。骨《ほね》が体の正常《せいじょう》な位置にもどっていくようで、ほっとする。やっと、あのひどいガタガタから解放《かいほう》された。明るく照らされたフードコートに入ると、いろいろな料理の店があった。

「わたしは麺《めん》にするわ」オーバさんが、いちばん列の短い店に行く。「あなたは？」

ファストフードがあるけれど、今はクウェートの味を思い出せるものがほしい。ほんの少しでいいから。麺《めん》の店を見ると、お米にチキンがのっている料理もある。かかっているのは、なんのソースかわからないけど、あれで十分だ。というわけで、オーバさんと同じ列にならぶ。

席に着くと、まわりにいる人たちを観察した。スーツを着て、スマートフォンを見ながら、ひとりで食べている人たち。つかれた顔で、ぼんやりコーヒーをながめているカップル。それから、オーバさんとあたし。こんなにみんなさまざまなのに、それでもオーバさんは浮《う》いている。っていうか、空港にいたときより、もっとずっと目立っている。だからつい、ぽろりといってしまった。

「オーバさんは、タイムトラベラーなんですか？」

ばかみたいな質問《しつもん》かもしれない。でも、パパの子どものころの話は、いつだって百年前の時代のことみたいなのだ。いくらなんでも、パパはそこまで年をとっていないはず。でも小さいころは、ビデオゲームじゃなくて、クロッケー（注・芝生《しばふ》で行うイギリス生まれの球技《きゅうぎ》。日本のゲートボールのもとになっている）をして遊んでいたっていうし、いまだに懐中時計《かいちゅう》を持ち歩いている。十三歳《さい》の誕生日《たんじょうび》にオーバさんからもらったそうだ。

あたしの質問《しつもん》に、オーバさんが笑いだす。そういうところも、パパといっしょだ。

「そうだったらいいのにね」

オーバさんは箸《はし》で麺《めん》を食べている。あたしはフォークでお米をつついている。食欲《しょくよく》がなくなってしまった。照明が明るすぎるし、前に見えているお菓子《かし》の店のネオンサインがちかちかして目が痛《いた》い。いろいろなことがありすぎて、食べるどころじゃない。

「きっと楽しいでしょうね。かなうなら、わたしは恐竜《きょうりゅう》が見てみたいわ。でも、ざんねんながら、わたしはタイムトラベラーじゃないの。ただ、古いものを集めるのが好きなだけ」

オーバさんは、べつにたいしたものじゃないのよ、というように肩《かた》をすくめる。「服に骨董品《こっとうひん》……でも、新しい本やテレビ番組も、もちろん大好きよ」

なんだか、オーバさんがテレビを見ているところが想像《そうぞう》つかない。見るとしても、白黒とか？

「それって、タイムトラベルみたいなものだと思います」あたしはいう。「古いものを集めるのって」

オーバさんは少しの間、食べる手をとめ、おもしろそうな顔であたしをじっと見つめる。

「そんなふうに考えたことはなかったけれど、あなたのいうとおりかもしれないわね」

食事がすむと、ひどくゆれる車にもどり、またドライブをはじめる。あたしは目を閉《と》じて、パパとママといっしょに車で家に帰っているところだと思おうとする。この車は、砂《すな》ぼこりのついた白い門のある、コンクリートの家に着くんだ。イギリスの真ん中にある、小さな村じゃなくて……。

でも、知らない間に寝《ね》てしまっていた。古い世界と新しい世界が洗濯機《せんたくき》の中の服みたいにごちゃまぜになっている夢《ゆめ》からさめた。二、三時間たっていて、車は幹線《かんせん》道路からはずれ、あたしはイギリスの真ん中にある小さな村にいた。このへんの道は曲がりくねっていて、歩道はなく、建物はみんな石灰岩《せっかいがん》でできているのだとオーバさんが説明する。車はスピードを落としていて、エンジンの音が静かになったので、いわれたことが聞きとれる。オーバさんは砂利道《じゃりみち》に入って、もう少し進む。

道の両側に高い生垣《いけがき》があって、近所を見ることはできない。道の先には、窓《まど》が四つとドアがひとつの小さな家があり、月明かりの下で輝《かがや》いている。煙突《えんとつ》から煙《けむり》がもくもく出ている。車をおりてから聞こえたのは、足元の砂利《じゃり》の音とドアを閉《し》める音、それからオーバさんがカギのたばをジャラジャラいわせながらカギをかける音だけだ。

どこか遠くから、水の音がする。蛇口《じゃぐち》から流れているような音だけど……。でもきっと、小川だろう。

玄関《げんかん》に向かいながらあたりに目をやるけれど、暗くてよく見えない。オーバさんがドアを開けて、先に入らせてくれた。でも、中のほうがもっと暗くて見えない。電気をつけても、ほとんど明るくならず、薄暗《うすぐら》い。電気じゃなくて、ロウソクの火をつけただけみたい。

「省エネなのよ」オーバさんが説明する。「明るくなるのに時間がかかるの。家の案内は、明日また、きちんとするわ。今夜はもう、靴《くつ》をぬいで、手を洗《あら》って、寝《ね》ましょうね」

明るい口調だけど、きっぱりとした言い方でもある。いやとはいわせない感じ。あたしが玄関《げんかん》マットの上にいて、怖《こわ》くて、それ以上奥《おく》に進めずにいる間に、オーバさんはてきぱきと動きまわる。あたしの靴《くつ》を靴箱《くつばこ》にしまい、玄関《げんかん》のカギを閉《し》めてからベルベットのカーテンを引き、ふりむいてあたしのスーツケースを見つめる。

「自分でなんとかできそう？　あなたの部屋は、階段《かいだん》をあがってすぐなんだけど」

「だいじょうぶだと思います」

あたしはスーツケースの重みをかみしめるようにして、ひとりで運んだ。そうしながら、今日、ひとりでやらなければならなかったことをぜんぶ思い出す。怖《こわ》いのに、ほこらしくもある。

　パパのむかしの部屋――えっと、今日からあたしの部屋か――は小さい。ベッドと、そのわきのテーブルと、洋服ダンスと、机《つくえ》がぎゅっとおしこんであって、よけいなスペースはない。

「スーツケースはベッドの下にしまうといいわ。でも明日、中身をあけなさいね。この部屋には、散らかしておける場所はないから」と、オーバさん。

　この家に入ってから、あたしがひと言しか話していなくても、オーバさんはぜんぜん気にしていないようだ。

　どこにトイレがあって、何時に朝食をとって、何時に寝《ね》るか、オーバさんの説明を聞きながら、あたしは本当に、今までとはちがう世界に足を踏《ふ》みいれたんだなと思った。ちがうっていうのは、イギリスのことだけじゃない。オーバさんの家のこともだ。

　オーバさんが行ってしまうと、あたしはさっと着がえて、ベッドにもぐりこんだ。目を閉《と》じて、オーバさんの車の中でしていた空想のつづきをしようとする。パパとママといっしょに車で家に帰ってきたあたしは、今、自分のベッドの中にいる……。だめだ、そう思えない。だって、エアコンのかすかな音がしないし、シーツがちくちくするし、布団《ふとん》が重たいし、枕《まくら》がふかふかすぎるし……。

そっか。これからはここが、あたしの家なんだ。夏の間だけじゃなく、ママとパパが来たあとも、ずっと。

ママとパパが来ればの話だけど……。そう思って、はっとする。これは、心の奥底《おくそこ》にうめられている不安の種だ。パパの両親は、ほんの何週間かオーバさんにパパをあずけるだけのつもりだった。でもそれが何か月かになり、何年かになり、ずっとになった。同じことがあたしにも起きたら、どうしよう？

オーバさんの部屋は廊下《ろうか》を行ってすぐのところにある。ママとパパは屋根裏《やねうら》部屋を使うことになっている。ふたりのために、オーバさんが改装《かいそう》したのだ。

こみあげてきた涙《なみだ》を、まばたきしてこらえようとするのに、できない。しかたがないので、天井《てんじょう》を見つめ、別の方法で自分を本当の家に送りかえそうとする。一日を丸々巻《ま》きもどして、飛行機が星の間をぬって後ろ向きで飛び、あたしをクウェートに送りかえしているところを想像《そうぞう》してみる。

するとまさに本物の星が三つ、頭の上で輝《かがや》きだした。ぐるぐるとまわっている。体を起こして見てみると、星なんかじゃなかった。ホタルだ。

三匹《びき》のホタルがすーっと飛んで、洋服ダンスの扉《とびら》のすきまに消えていく。あたしは布団《ふとん》をはいで、クモがはうみたいに手探《てさぐ》りしながらゆっくりと部屋を歩き、ホタルが消えたすきまをのぞきこむ。あれは、まえと同じ三匹《びき》だ。まちがいない。だって、空港でもそうだったけど、今もまた胸《むね》がぎゅっとなって、両手が引っかかれたみたいに、ひりひりするから。これをおさめるには、あとを追うしかない。頭の中で、行っちゃだめだってさけぶ声がするけれど……。

なにも見えない。だから、洋服ダンスの扉《とびら》をキーッと開ける。目の前にあらわれたのは、動きまわるあの三匹《びき》と、古い服……ではなかった。たくさんの葉と枝《えだ》だ。タンスの奥《おく》の上のほうには、ぽっかりと穴《あな》があいている。ちょうど、よじのぼって通りぬけられるくらいの大きさだ。ホタルは葉にとまって、待っていたけれど、その暗い穴《あな》に消えた。あたしは、どうしようか、一瞬《いっしゅん》まよった。いったんついていけば、もうあともどりはできないとわかっている。でも行かずに、ベッドにもどれば、三匹《びき》にシャッ、シャッ、シャッと引っかかれるだろう。血が出るまで、ずっと。

だったら、行くしかないだろう。今あたしは、このおかしな新しい国で、ひとりきり。ほかに、どうしようもない。

5

ママとパパはよく、寝《ね》るまえにおとぎ話をしてくれた。自分たちが子どものころにしてもらった話だ。ママは、海の魔女《まじょ》が船に乗っていろいろな島へ行き、みんなで魔法《まほう》を使う楽しい話。ママが生まれ育った地が舞台《ぶたい》で、精霊《せいれい》ジンやロック鳥と呼《よ》ばれる巨大《きょだい》な怪鳥《かいちょう》など、ありとあらゆる魔法《まほう》の生き物が出てくる。

パパがよくしていた話は『ヘンゼルとグレーテル』。ふたりが家を出ていかなければならなかったとき、どうしたのか、聞かせてくれた。たぶん、それがパパに起こったことだからだろう。パパはパンくずをずっとたどっていって、オーバさんのところに行きついた。ヘンゼルとグレーテルのふたりは、すてきなお菓子《かし》の家を見つける。そこにはやさしい魔《ま》女《じょ》が住んでいて、子どもたちが大きく、強くなるまで何年も、ほしがるものはなんでも食べさせてやる。「そして、いつまでも幸せに暮《く》らしましたとさ」と、パパは話をしめくくっていた。でも、今のあたしは思う。おとぎ話って本当にハッピーエンドなのかな？

あたしは、たくさんの葉と枝《えだ》をかきわけて洋服ダンスの中に入り、奥《おく》の穴《あな》によじのぼって体を入れると、もぞもぞやって通りぬけた。すると、そこは〈ホタルの森〉の木の上だった。半分ほどのぼったところにいる。なぜすぐわかったかというと、あたしはこの森に、自分の家のベッドと同じくらい慣《な》れているから。あの三匹《びき》のホタルのあとを追うたびに来ていたから。今回は三年ぶりだけど。

この森の木には、赤茶色の長い毛がはえている。動物の毛ほどふさふさしていないけれど、なでるとやわらかい。しかもそうすると、木が猫《ねこ》みたいにゴロゴロいうのが手に伝わってくる。幹《みき》をブルッとふるわせ、枝《えだ》を波のように上下にゆらす。ここの木は、枝《えだ》を手のように自由に動かすことができるのだ。

いつからか〈ホタルの森〉と呼《よ》ぶようになったこの場所で、唯一《ゆいいつ》、木だけがあたしをなぐさめてくれる。

薄暗《うすぐら》い森を照らすのは月明かりだけ。その光をたよりに、あたしは木の枝《えだ》をごそごそ動かして、あたりの様子をうかがう。こちらの動きにあわせて、木も枝《えだ》を動かしている。あたしのリードでダンスをしているみたいだ。顔を近づけてよく見ると、木には切《き》り傷《きず》や、すり傷《きず》があって、そこから樹液《じゅえき》のかわりに血がにじみでている。ちょうど、三匹《びき》のホタルにシャッ、シャッ、シャッとやられたときの、あたしの手のようだ。

「おりておいで。おりておいで。おりておいで」

三匹《びき》が猫《ねこ》なで声《ごえ》でいう。こだまだ。ただし、ささやき声ではじまり、ひと言ごとに大きくなっていく。聞いているうちに鳥肌《とりはだ》が立ち、首の後ろの毛が逆立《さかだ》つ。木の幹《みき》や枝《えだ》の毛も逆立つ。木も、あたしと同じ気持ちなのかもしれない。ホタルのささやき声は血管を流れていき、頭の中でガンガン鳴りひびいて、歯をガタガタいわせる。

これまではしたことがなかったけれど、今日、はじめて、葉のすきまから木の下をのぞいてみた。ぬれた草の上を、三匹《びき》のホタルが飛んでいる。森に来るといつもそうだけど、三匹《びき》は大きくなっている。あたしの手のひらくらいにも。触角《しょっかく》をぴんと立て、ビーズのように小さな丸い目を冷たく光らせ、あたしから目をはなそうとしない。

あたしは、ゆっくりと、気をつけて木をおりていく。木が枝《えだ》を少しおろして、すべりおちないように助けてくれる。これまでも、ここの木はいつだって力をかしてくれた。せっかく実らせたものを、あたしがホタルのためにもぎとっているときでさえ。

とうとう、はだしの足が草にふれた。ひやっとしていて、ぬれている。その感触《かんしょく》で、はっと思い出す。この森は、ホタルのものだってことを。確《たし》かに木は、まるで生き物のようにひっきりなしに枝《えだ》を動かして、あたしを助けたり、ゴロゴロいって、なぐさめたりしてくれる。味方をしてくれる。でも、この森を支配《しはい》しているのは、ホタルなのだ。

地面からかすかに、ゴロゴロといういびきのような音がして、振動《しんどう》が伝わってきた。木の根が音を立てているのだ。木の命の源《みなもと》は、地面の下の根にある。この森の木もまた、ホタルの支配《しはい》からのがれることはできない。あたしのように。

「実をとっておくれ。実をとっておくれ。実をとっておくれ」

三匹《びき》のホタルが、あたしのまわりをまわっている。まえにも、何度もいわれたことだ。何年もまえに。いったいいくつ木の実をとってやれば満足するのか、まったくわからなかった。六つ――一匹《ぴき》ふたつずつ――のこともあれば、いちばんひどくて四百四十四個《こ》のこともあった。とった実をひとつずつ積みあげていくと、そびえ立つ山のようになった。そのときは何時間もかかった。森じゅう、すみからすみまで探《さが》しまわった。木からもぎとれる実がひとつもなくなって、森に永遠《えいえん》に閉《と》じこめられてしまったらどうしようと不安だった。

問題はそこだ。ホタルのいうことを聞いて、木の実を探《さが》すという冒険《ぼうけん》をやりとげないかぎり、ぜったいに森から出られないし、家に帰してもらえない。

だから、やるしかないのだ。

あたしは、まえにここに来たときより大きくなっているけれど、〈ホタルの森〉はちっとも変わっていない。おかげですぐに、いつもやっていたやり方を思い出した。

ひとつ目の実は――赤くてみずみずしいリンゴだ――さっき、あたしがおりてきたばかりの木の根元で見つかった。とりやすいように、木が根を持ちあげてくれた。ふたつ目は、それほどはなれていない場所にあって、半分草にかくれていた。三匹《びき》のホタルと同じように、リンゴもここでは、あたしのふだんの世界にくらべて大きい。軸《じく》には葉が一枚《まい》ついている。三つ目と四つ目は、低い枝《えだ》にぶらさがっていた。五つ目と六つ目は、少し木をのぼって、とらなければならなかった。ひとつ、またひとつともぎとりながら、三匹《びき》のホタルがブンブン飛びまわって「もっと。もっと。もっと」というのを聞く。

ここでの時間は、とった実の数ではかる。ただ、それをあの三匹《びき》が食べているところは一度も見たことがない。だから、とったあと、どうするつもりなのかはわからない。あたしが、実を見つけだして、もぎとって、積みあげてをくりかえしている間、ホタルはただ、そばをはなれずに飛んでいるだけ。あたしは、今日はずっと移動《いどう》ばかりだったし、なにもかもが変わっていくしで、心も体もへとへとだ。たった一日で、クウェートからイギリスに、そして〈ホタルの森〉にまで来た。早く寝《ね》て、夢《ゆめ》を見たい。ただそれだけだ。でも、最後までやらなければ、帰れないのはわかっている。

三十個《こ》目のリンゴをもぎとるころには、体の内側がむずむずしだして、パニックに襲《おそ》われた。ぐっと歯を食いしばる。涙《なみだ》がこぼれおちた。そのあと、さらに九個《こ》とったところで、ようやくホタルに解放《かいほう》された。でも、まだおしまいじゃない。今日は、これまで一度もしたことのないことをするのだ。

もうひとつ、リンゴを自分のためにとって、ガウンにかくす。あとでよく調べてみよう。三匹《びき》があんなにほしがる理由がわかるかもしれない。

森が暗くなり、ホタルは消えていた。まばたきをすると、目の前に洋服ダンスの扉《とびら》があらわれた。開けられるのを待っている。あたしは、よろよろとタンスの外に出ると、ベッドのわきのテーブルに、〈ホタルの森〉からぬすんだリンゴを置いた。ガウンをぬいで、またベッドにもぐりこむ。

6

だれかほかの人の家で目をさますというのは、変な感じだ。横になって、目を閉《と》じていると、今どこにいるのか一瞬《いっしゅん》わすれてしまう。でもマットレスがいつもとちがうし、枕《まくら》と布団《ふとん》もだ。それから音も、においもちがうことに気づく。

クウェートでは、朝は静かだった。パパとママはゆっくり寝《ね》ていたいタイプなので、ふたりが起きてくるまで、あたしは何時間もひとりで遊んでいることが多かった。朝は、おとなのいない時間だから、大好きだった。でも、ここではちがう。

オーバさんは、もうキッチンにいる。お湯がわいている音がする。鍋《なべ》やフライパンがガチャガチャいう音もして、歯が痛《いた》くなってくる。目をぎゅっとつむり、こうするだけでうちに帰れますようにと少しの間ねがう。じっとしたまま、次に目を開けたら、そこは自分の部屋で、ぬいぐるみやマニキュアでいっぱいの鏡台《きょうだい》があるところまで想像《そうぞう》する。

でも目を開けても、そんなものはひとつもない。目の前には木のドアがあるだけ。左を向くと、テーブルにリンゴがのっている。それを見たとたん、昨夜のことを思い出す。猫《ねこ》みたいにゴロゴロいう木に、ささやくホタル。たくさんもぎとったリンゴに、ひとつぬすんだリンゴ。〈ホタルの森〉からなにかを持ち帰ったのは、はじめてだし、それをこっちの世界で見るというのは、おかしな感じだ。

「ごはんよ！」

オーバさんの大きな声がする。ずいぶん近くで聞こえるけど、きっと階段《かいだん》の下まで来てくれたからだ。あたしも大きな声で返事をしたほうがいいかな？　わからないので、ガウンをはおって、室内履《ば》きに足をすべりこませると、急いで部屋を出る。

日の光のおかげで、オーバさんの家の中がよく見える。壁紙《かべがみ》とカーペットは、ちっとも柄《がら》があっていない。廊下《ろうか》にはたくさんのテーブルがならんでいて、上にてきとうにものが置かれている。ドライフルーツの入った器《うつわ》とか、ティーポットとか、双眼鏡《そうがんきょう》とか。写真も飾《かざ》ってある。オーバさんとパパ。オーバさんと知らない女の人。この人はたくさんうつっていて、オーバさんとふたりで、あたしにもわかるくらい有名な場所の前に立っている。ピラミッドとか、タージ・マハルとか、エッフェル塔《とう》とか。写真といっしょに、海や空の絵もある。博物館を見学しているようだ。ここでも、手をふれるのは禁止《きんし》なのかな？

階段《かいだん》がミシミシいい、カーテンがそよ風でやさしくゆれる。パパの部屋――じゃなくて、今はあたしの部屋か（そう思えるまでに、時間がかかりそう）――は、階段《かいだん》をあがってすぐのところにあって、はすむかいにバスルームがある。階段《かいだん》をおりて右に行くと、長方形のリビングがあって、アーチの形の壁《かべ》で半分に仕切られている。片方《かたほう》にはソファが、もう片方《かたほう》には本棚《ほんだな》と机《つくえ》がある。階段《かいだん》をおりて左に行くと、キッチンだ。

音のするほうへ行くと、オーバさんがコンロの前に立っていた。おたまを持っていて、すぐとなりの調理台にお皿が二枚《まい》置いてある。どちらにも、細長く切ったトーストと、カエルみたいなエッグスタンドがのっている。オーバさんは、エッグスタンドにゆで卵《たまご》をひとつずつ立ててから、自分のお皿をテーブルに運ぼうとする。

「それ、あなたのよ」

あたしに気づいたオーバさんが、調理台の上のお皿をちょっと見て、うなずく。

あたしは、ほほえんでから、自分のお皿を手にとって、オーバさんの向かい側に座《すわ》る。このゆで卵《たまご》、どうやって食べればいいんだろう？　エッグスタンドにのっているのは、今まで一度も食べたことがない。オーバさんを見ていると、ティースプーンの背《せ》で卵《たまご》の上の部分をトントンとたたいて割《わ》り、殻《から》をとりのぞいた。ゆで卵《たまご》といっても、まだほとんどかたまっていない。オーバさんは、そこに塩とこしょうをふりかけ、細長いトーストをひたして食べた。あたしも、まねしてやってみる。でも、結果はさんざん。オーバさんは、それをちらっと見て、おもしろがっているような顔をしたけれど、なにもいわなかった。

しばらく、だまったまま食べつづける。聞こえるのは、かむ音と、せきばらいと、オーバさんがコーヒーを少しずつ飲む音だけ。ゆで卵《たまご》は、ちょっとこしょうがききすぎているし、どろっとしているしで、正直、吐《は》きだしたいけれど、むりやり飲みこむ。次のひと口は、もっとましだといいけれど。あたしは、テーブルの上の、ガラスの容器《ようき》に入ったオレンジジュースを自分のグラスにそそいで、足をぶらぶらさせる。どんどん気まずくなってきた。オーバさんがなにかいうまで、待っていたほうがいいのかな？　ここは、オーバさんの家なんだし……。

すると、オーバさんがようやく口を開いた。

「いつものように眠《ねむ》れた？」

よく考えてから、答える。

「えっと、あおむけで寝《ね》ました。いつもみたいにうつぶせで寝《ね》ようとしたら、なかなか眠《ねむ》れなかったので」

オーバさんがあたしを見つめ、一瞬《いっしゅん》とまどった顔をしてから、笑いだす。

「あら、そうじゃないわよ。よく眠《ねむ》れたかきいたの」

それには、なんて答えたらいいのかわからない。あの三匹《びき》のホタルが来たせいで、しかたなくおそくまで起きていたけれど、寝《ね》ていた時間は長い。でも、まだつかれている。

とにかく、うなずく。オーバさんは、そうしてほしいだろうから。それから「はい、眠《ねむ》れました」という。

オーバさんは、うれしそうだ。

「さあ、食べちゃって。家の中をかんたんに案内するから。そのあとは、お昼まで好きに過《す》ごしてちょうだい」

そういって、オレンジジュースの容器《ようき》を冷蔵庫《れいぞうこ》にもどす。

冷蔵庫《れいぞうこ》には小さな黒板がとりつけてあって、今日の予定が書かれている。

土曜日
午前九時　朝食
午前十時　草むしり

午前十一時　種まき
午後十二時　昼食の準備《じゅんび》、読書
午後一時　昼食

これは、あたしの予定？　オーバさんの？　それとも、ふたりのかな？　わからないので、きいてみた。

「ああ」オーバさんがフフッと笑う。「これは、わたしのよ。食事以外はね。でも、やりたかったら、いっしょにやりましょう。といっても、正直なところ、庭の草むしりはあまり楽しくないけれどね……」

そのあとオーバさんは、今度はあたしの予定表を確認《かくにん》した。あたしのほうがいそがしそうだ。あさってから週に三日、サマースクールに通うことになっている。わかってはいたけれど、今まであまり考えないようにしてきたことだ。ママは「イギリスに慣《な》れるためにも、いそがしくするためにも」ちょうどいいといっていた。パパは、まさに三十年前に同じ学校に通っていて、そこで「親友」を作ったといっていた。

予定表によると、午前中は授業《じゅぎょう》で、午後は授業《じゅぎょう》の課題に取り組んだり、読書をしたり、学校の設備《せつび》を使ったりするらしい。ふうん、べつにだいじょうぶそうだ。でもひとつ、今気づいたことがある。サマースクールの日に、金曜日が入っているのだ。

すごく変な感じ。うちのほう、つまりクウェートでは金曜日と土曜日は週末で、学校は休みなのに、イギリスでは土曜日と日曜日が休みで、金曜日は授業《じゅぎょう》があるなんて。でも少なくとも、明日の日曜日はまだ週末だし、授業《じゅぎょう》は月曜日からなので、新しい人たちと会うのを一日、先のばしにできる……。

ちょうどトーストをたいらげたところで、なにかふわふわしたものが足にさっとふれた。下を見ると、耳の大きい、白い生き物が床《ゆか》の上をぴょんぴょんとんでいる。あたしは思わず、うわっと声をあげ、椅子《いす》の上に足を引っこめる。それから、もう一度よく見ようと身を乗りだす。

オーバさんがおどろいた顔でふりむいてから、下の生き物に目をやった。とたんに、顔がぱっと明るくなる。

「おはよう、アメリ」といいながら、かがんで、なでる。それから冷蔵庫《れいぞうこ》の中をざっと見て、セロリのスティックをとりだす。

ウサギだってことはわかったけれど、どうしてこんなところに、家の中になんかいるんだろう？　それにオーバさんは、どうしてえさをやっているの？

　オーバさんが顔をあげる。

「ごめんなさい。いうのをわすれていたわ。これはアメリ。イエウサギよ」

「イエウサギ……？」

あたしはオウム返しにいう。聞いたことがないな。それとも、聞きまちがい？

　オーバさんがうなずく。

「こっちへ来て、なでてやって」

　アメリはペットで、アンゴラウサギだという。長い耳はもふもふで、体はもっともふもふだ。名前は、オーバさんのお気に入りの映画《えいが》の主人公にちなんでつけられた。主人公は、人のためにいいことをしようとする女の人らしい。

「知っていた？　ウサギの歯は、ずっとのびつづけるのよ」

床《ゆか》にしゃがみこんで、アメリといっしょに丸くなっているオーバさんは、ぜんぜんちがう人みたい。あたしたちは同い年で、おしゃべりをしている友だち同士《どうし》のようだ。

「だから、かたい食べ物をやらないといけないの」

「へえ」

あたしはアメリに手をのばす。アメリは、最初は緊張《きんちょう》しているみたいだったけれど、オーバさんがあたしにセロリのスティックをわたしてくれたから、片手《かたて》で食べさせながら、反対の手でなでることができた。でもアメリは、この人を完全に信用するのはまだやめておこうと思ったらしい。二本目のセロリはあたしの手からさっととり、安全な椅子《いす》の下ににげこむと、だれにもじゃまされることなく食べた。

「知ってましたか？　ウサギの群れは、『colony（植民地）』っていうんですよ」あたしはいう。「アリと同じです」

オーバさんが、にっこり笑う。

「知らなかったわ！　ずっと『burrow（巣穴《すあな》）』かなにかだと思っていたの。ウサギは巣《す》穴《あな》にすんでいるから」

あたしは、虫や動物や鳥の群れの呼《よ》び方《かた》を調べるのが好きなことを話す。

「たまに、思ってもみなかった言葉のこともあるんです。たとえば、ふつうのカラスの群れは『murder（殺人《さつじん》）』、大きなワタリガラスの群れは『conspiracy（陰謀《いんぼう》）』。鳥の群れの呼《よ》び方《かた》がいちばんおもしろいと思うんです、あたしは」

「そうね」

あたしが少し話すようになって、オーバさんは、よろこんでいるようだ。

あたしも、ちょっと話せるようになったら、あとは言葉が転がるように出てきて、気持ちが楽になった。

いっしょに朝食の片《かた》づけをしたあと、オーバさんが家の中を案内してくれた。

「テレビはリビングで見られるわ。本棚《ほんだな》の本も自由に読んでちょうだい……食べたいものがあれば、いってね……買い物はいつも、木曜日にしているの」

ひととおり案内が終わると、またキッチンにもどってきた。

「ああ、それからこの部屋だけど、カギをかけているの。中に入れないように。わたしのほかには、だれもね」

オーバさんがドアを指さす。そこにドアがあるなんて、気づかなかった。冷蔵庫《れいぞうこ》の横にあって、キッチンのほかの部分と同じ壁紙《かべがみ》がはってあるせいで、まわりにとけこんでいる。なんだか、ドアの向こうの部屋そのものをかくそうとしているみたい。オーバさんにいわれなければ、なにも気にせず、ドアの前を素通《すどお》りしていたと思う。でも、近くでよく見ると、ドアには真鍮《しんちゅう》の掛《か》け金《がね》がついていて、そこに、同じく真鍮《しんちゅう》のダイヤル式南京錠《なんきんじょう》がぶらさがっている。

「どうして?」ちょっとした好奇心《こうきしん》で、たずねる。「中になにがあるんですか?」

「ええ、まあ、ちょっとね。やっていることがあるのよ」

オーバさんの声が、いつもより少し高くなる。

「だれにでも、秘密《ひみつ》にしておきたいことってあるでしょう? だから、けっしてここには入らないようにしてちょうだい」

あたしはうなずく。わかるな。あたしも三匹《びき》のホタルのことは秘密《ひみつ》にしておきたいし。それに今は、庭のほうが気になる。窓《まど》から見た感じでは、完全に自然のままみたい。花は、あたしの背丈《せたけ》くらいまで育っているし、その間を小道がくねくねと通っている。きっと、いろんな虫がいっぱいいるはず。

「今から庭を見せましょうか?」あたしの視線《しせん》の先を見て、オーバさんがいう。「もしよかったら」

でも、ちょうどそのとき、雨が降《ふ》りだした。話を聞いていた雲が、あたしたちの一日をだいなしにしたくなったみたい。オーバさんが、黒板の午前中の予定を庭いじりから「仕事」に変更《へんこう》するのを、あたしは見つめる。

「だいじょうぶ。時間ならたっぷりあるわ。スーツケースの荷物を出してから、ゆっくりしたら？　時差ぼけで、つかれているでしょ」

あたしは、べつに、というように肩《かた》をすくめる。

「たった二時間の差だし。夜になったら、つかれるかもしれないですけど」

そのあと、あたしは部屋で荷物を出しているときに、ベッドのわきのテーブルからリンゴが消えていることに気づいた。結局、ベッドの下で見つかったのだけど、ちょっとかじった跡《あと》がある。だれのしわざか、ウサギのふたつの歯形を見ればわかる。

あたしはリンゴをひろって、よく調べてみた。かなり大きいという以外は、ごくふつうのリンゴのようだ。あのホタルのことを、そしてあの三匹《びき》がまたやってきたことをわすれないように、ちゃんと気をつけるためにも、今度はテーブルの引き出しにきちんとリンゴをしまう。

7

夏休み中は、学校にいることを禁止《きんし》するべきだ。今日は月曜日。イギリスにおりたってから三日。あたしは、がらんとした薄暗《うすぐら》い廊下《ろうか》の、教室のドアの前で待っている。今の時間は、午前八時五十二分きっかり。なぜわかるかというと、しんとした中で聞こえるのはカチカチカチという時計の針《はり》の音だけで、オーバさんの車からおりて、ここに来た午前八時二十七分からずっと、秒針《びょうしん》の音をかぞえているからだ。

オーバさんは、毎週月曜日の午前中に、用事で二、三時間出かけるという。その都合で、あたしは今日からサマースクールに来なければならなくなった。この時間にとれる授業《じゅぎょう》は作文だけだったので、もうしこんだけれど、水曜日の美術《びじゅつ》と、金曜日の理科（生き物や植物について学ぶコースだ）の授業《じゅぎょう》もとった。あたしはもう大きいのに、オーバさんとママとパパが、はじめての国のはじめての家で留守番《るすばん》させるわけにはいかないときめたから、今、ここにいる。

どういうわけか、だれも、あたしの意見を聞いてみようとは思わなかったらしい。

「こっちに慣《な》れるためにも、ちょうどいいわ」あの土曜日の朝、オーバさんはママと同じことをいった。「実際《じっさい》の授業《じゅぎょう》を体験できるもの。九月から通う学校だしね」

ここは、パパもむかし通っていた学校だけど、もうそのころとはちがうはずだ。今はすっかり新しくなっている。廊下《ろうか》はぴかぴかだし、壁《かべ》に巨大《きょだい》なテレビ画面がいくつもならんでいる。それに、なにからなにまで青一色だ。教室の椅子《いす》から床《ゆか》、玄関《げんかん》ロビーの真ん中のカササギの像《ぞう》まで、ぜんぶ。

「charm（魅力《みりょく》）」いくつかあるカササギの群れの呼《よ》び方《かた》の中でも、お気に入りのものをつぶやく。

「おはよう？」

廊下《ろうか》の先から声がした。一瞬《いっしゅん》、あのホタルかと思った。でもすぐに、向こうから来る影《かげ》が人の形をしていると気づく。

「おはよう？」

あたしの声が、がらんとした廊下《ろうか》にやたらと響《ひび》く。

「おはよう」

その声が、またいう。このまま永遠《えいえん》に、おはようっていいつづけるのかな？　と思いかけたとき、声の主が近づいてきて、別のことをいった。

「わたしはルビー。サマースクールで作文の授業《じゅぎょう》を受けるの」

その子は、はきはきいって、手をさしだしてくる。チェックのジャケットとスカートが、すごくおしゃれ。

「あなたは？」

「ヘイゼル」

ちょっと、おどおどしてしまう。濃《こ》い緑のオーバーオールと薄紫《うすむらさき》のシャツが、急にはずかしくなる。もっとおしゃれしてくればよかったかな？

「ほんとに？」と、ルビー。

「えっ？」どういう意味だろう？

「ほんとにそれが自分の名前かどうか、自信がないみたいだよ」

ルビーが心配そうな顔をする。まだ手をさしだしたまま、あたしがにぎるのを待っているので、握手《あくしゅ》する。

「えっと……あの……ほんというと、あんまり自信がないの」

あたしは説明をはじめる。この名前は大おばさんからもらったんだけど、大おばさんとは会ったばっかりだし、ぜんぜんにているところがなさそうで、あたしなんかより大おばさんのほうがずっと、この名前がにあっているみたいだってこと。それから、今、大おばさんとふたりきりで住んでいるのは、すっごく遠い国から家族でこっちに引《ひ》っ越《こ》してくることになったんだけど、パパとママは、うちのほうでいろいろ片《かた》づけがあるから、その間に、あたしだけ先にこっちに来させて、「慣《な》れて」ほしいからだってことも。でも、あっちはもううちじゃないのかも。だって、今はこっちが、うちのはずだから……。

あたしは、ようやく話すのをやめ、そこではじめて気づいた。何分かずっとひとりで、息つくまもなくしゃべっていた。えさをとりあう興奮《こうふん》した子犬のように、言葉が、われ先にと次々転がりでてきたのだ。

ルビーは、顔を引きつらせて、あっちへ行ってしまうかもしれない。あたしはときどき、人をそうさせてしまうことがある。いとこのオマルは、赤ちゃんのときからのつきあいだから、あたしのあつかいに慣《な》れていて、「もうだまれって！　結局なにがいいたいんだよ？」とよくいっていた。

でもルビーは、あたしが心配したようなことはしなかった。かわりに、すごくおもしろいことをいった。

「名前って大切なんだよ」と話しだす。「お母さんがいってたんだけど、名前は、その人が将来《しょうらい》どんな人になるかに影響《えいきょう》するんだって。人は自然と、名前にふさわしい人になろうとするものだからって」

それを聞いて、心配になる。言葉の意味をじっくり考えているうちに、不安でたまらなくなってきた。ヘイゼルという名前だと、将来《しょうらい》どんな人になるの？　でも、どんな人になるのかよく考えるひまもなく、ルビーがまた話しだす。

「たとえば、わたしの英語の名前は」という。「エネルギーと成功を意味するの」

「わあ」あたしはいう。「でも、『英語の名前』っていったけど、英語以外の名前もあるの？」

ルビーが、待ってましたとばかりにうなずく。

「わたしのミドルネームは、日本語の名前なの。お母さんが日本から来たから。『アイ』っていうんだけど、愛とか、思いやりって意味だよ。どっちの名前も、お父さんとお母さんのふたりで、とことん考えぬいてきめたんだって。このふたつの名前なら、バランスがいいだろうって思ったみたい」

あたしも、ふたつの国とつながりがあって、ひとつはイギリスだから、ルビーと同じだよ、と話してから、「あたしには、ミドルネームがないけど」と思わずいっていた。それから説明をつづける。名字はパパじゃなくてママのほうので、なぜかというと、パパは両親のことをあまりよく知らなくて、おばさんと暮《く》らしていたからだということ。そのおばさんが、今あたしがいっしょに住んでいる人だということ。

ルビーは、うんうんとうなずきながら、あたしの話をぜんぶ、興味《きょうみ》を持って聞いてくれている。

「へえ、そっかぁ」

ふいに、会話がとぎれてしまった。沈黙《ちんもく》があまり得意《とくい》じゃないあたしは、それをやぶることにする。

「あの……ミドルネームがないってことは、将来《しょうらい》がないってことなのかな？　もしかしたら、半分しかないとか？」

ルビーは少し考えて、それから首を横にふる。

「きっと、ヘイゼルの将来《しょうらい》は、真っ白なキャンバスなんだよ。なんでも自由に描《か》けるってこと」

年をとったかしこい人がいいそうなせりふで、笑いそうになる。考えてみると、あたしは今のところ、自分の人生なのに、なにひとつ自分できめていない。この引《ひ》っ越《こ》しだって、あたしはどうしたいのか、一度もきかれることなく、むりやりさせられた。それなのに、自分の運命を自分できめるだなんて、想像《そうぞう》もつかない。

でも、そういおうとしたところで、スニーカーのキュッキュッという音がして、ふたりの男の子がならんで廊下《ろうか》をやってきた。どちらもジーンズにパーカーという、にたようなかっこうで、あたしは急に、おしゃれしていないことが、あまり気にならなくなった。男の子のうち、ひとりは白い肌《はだ》に、明るい茶色の長い髪《かみ》で、もうひとりは黒い肌《はだ》に、黒くて短い髪《かみ》だ。ふたりは、あたしたちに手をふっている。っていうか、ルビーにふっているんだろう。ルビーが、ふたりにうなずいたから。

ふいに、あたしだけすごく浮《う》いているような気がしてきた。友だち同士《どうし》の中にまじった、よそ者。オマルがいてくれたらな。そうしたら、すごく落ちつくのに。オマルがアメリカに行ってからも、あたしたちはできるだけ話すようにしている。だいたいオンラインゲームをするときに、おしゃべりすることが多い。でも、やっぱり会って話すのとはちがう。

「わたしたち、小学校でいっしょだったの」

あたしがなかまはずれにならないように、ルビーが説明する。気まずい思いをしていると、わかっているみたい。

「三人とも、九月から、この中学校に通うことになっているんだ。ヘイゼルも？」

あたしはうなずく。ルビーがうれしそうな顔をしたので、胸《むね》のつかえが、ほんのちょっととれる。

そのとき、カギがジャラジャラ鳴る音がして、女の人が廊下《ろうか》を歩いてきた。花柄《はながら》のロングワンピースに、フレームが透明《とうめい》のメガネ。茶色い肌《はだ》で、黒くて長い髪《かみ》をポニーテールにしている。その人は、あたしたちを見ると、にっこり笑って、教室のカギを開けた。

ほこりっぽい教室はしんとしていて、ずらりとならんだ机《つくえ》には、だれもいない。夏休みで静まりかえったこの場所で、ひょっとしたら生徒のかわりに幽霊《ゆうれい》が授業《じゅぎょう》を受けているかもしれないけれど。

8

「じゃあ、最後にヘイゼル、おねがいね」

花柄《はながら》のワンピースを着たバスラ先生がいう。作文の授業《じゅぎょう》は、この先生が担当《たんとう》する。

ほかのみんなは、自己紹介《じこしょうかい》を終えていた。さっき廊下《ろうか》で会った男の子ふたりは、エズラとアキンという。ふたりとも、親にいわれてサマースクールに参加した。平日、両親が大きな町で働いていて、昼間は家にいないため、子どもになにか役立つことをさせたいと考えたらしい。ルビーの場合は、両親は自宅《じたく》で仕事をしているけれど、自分でサマースクールに参加するときめたそうだ。ルビーらしい。だって英語の名前の意味は、エネルギーと成功だもんね。

このサマースクールは、夏休みの間、村の子どもたちに学びの機会を提供《ていきょう》しようと自治体がお金を集めて、開いたものだ。でも、ほとんどの子どもは、どこか楽しいところへ出かけてしまったらしい。同じ学年で作文のクラスに参加しているのは、あたしたち四人だけだ。ほかに、上級生のクラスがいくつかあって、バスラ先生が別の曜日に受けもつ。

どうやら、このクラスがいちばん人数が少ないみたい。ほかの教科のクラスにはまだ行ってないけれど、理科の授業《じゅぎょう》を受ける生徒は二倍以上いるし、美術《びじゅつ》はもっと多い。ただし、理科と美術《びじゅつ》のクラスは学年混合《こんごう》だ。ウェブサイトに「授業《じゅぎょう》であつかう内容は、特定の学年を対象《たいしょう》としたものではありません」とある。

「もう少し考える時間が必要？」

バスラ先生がいう。いらいらしているのかと心配になったけれど、先生は思いやりのある、やさしい顔であたしを見つめている。

「えっと、あの……あたしは、九月からこの学校に通うんですけど、夏休みの間、大おばさんといっしょに住んでいます。両親はまだクウェートにいて、荷作りをしていて。それで……だから、サマースクールに参加しました」

アキンが、クウェートのことをいくつかきいてきた。どんなところなのか純粋《じゅんすい》に興味《きょうみ》があるようだけど、暑いことと、週末がイギリスとはちがう曜日だってこと以外、なにを話せばいいのか、よくわからない。そのせいで、会話がすぐに終わってしまった。気まずい沈黙《ちんもく》をなんとかしたくて、なんでもいいからいってみる。

「大おばさんは、イエウサギを飼《か》っています」

そういったのは、正解《せいかい》だったみたい。みんながいっせいに、質問《しつもん》をはじめる。

「家の床《ゆか》に、ふんとかしない？」と、エズラ。

「それはわからないけど……」

また会話を終わらせちゃったかも……。

すると、ルビーが話しだした。

「ウサギは幸運を呼《よ》ぶといわれています」みんなより大きな声で説明する。「日本には、月にウサギがすんでいて、餅《もち》つきをしているという言い伝えがあるんです」

「すごい！」

あたしはいう。ふたつ目の情報《じょうほう》は、オーバさんがよろこびそう（ひとつ目は、もう知っているんじゃないかな)。

ひとつ気づいたことがある。ルビーは、どちらかというと、質問《しつもん》するタイプじゃないようだ。それより、答えるタイプみたい。たとえきかれていなくても、ぱっと答える。でも、それでもかまわない。あたしも、ウサギについて知っていること(ウサギの群れは「colony(植民地)」という)をちゃんといえたし、そうしたら少しだけ緊張《きんちょう》がとけて、怖《こわ》くなくなったから。

自己紹介《じこしょうかい》が終わると、バスラ先生が、このクラスの課題は「おとぎ話」を書くことです、と説明をはじめる。

「最初の二、三週間は、調べ物をしてもらいます。おとぎ話について、なにか知っていることはある?」

先生は立ちあがって、ホワイトボードの前でペンをかまえる。だれかが答えるのを待っているのだ。

教室の窓《まど》がほんの少し開いていて、すずしいそよ風をさそいこむ。外はまた雨で、雨粒《あまつぶ》が窓《まど》にあたって、パラパラと音を立てている。風が校庭から、根まですっかりぬれた草のにおいをこっそり運んでくる。うちのほうでは、クウェートではってことだけど、空気が乾《かわ》いていて、砂《すな》ぼこりがひどいし、コンクリートの壁《かべ》で囲《かこ》まれた中庭は、焼けるように暑い。それが、あたしにとってのあたりまえだ。でも、イギリスではちがう。ここの天気は、なんだか落ちつく。

あたしがそんなことを考えていると、ルビーが、バスラ先生の質問《しつもん》に、ぱっと手をあげた。もちろん、だれよりも早く。

「手はあげなくていいわよ、ルビー」先生がにっこりする。「ここには五人しかいないんだから、もう少し気楽にやりましょう」

ルビーは、さっと手をおろして、答えはじめる。

「おとぎ話は、遠くにある架空《かくう》の国の物語です。ふつう、悪者が出てきて、主人公はなにかの冒険《ぼうけん》に出かけます。教訓がこめられていることが多く、わたしたちにいろいろなことを教えてくれます。たとえば、人の感情《かんじょう》――」

「ちょっと待ってね」

バスラ先生は、ルビーがいったことをいくつかの短い言葉にまとめて、急いで書きとめ、それぞれの言葉を雲の形で囲《かこ》む。

「はい、じゃあ、いったんそこまでにしてくれる、ルビー？　ありがとう。ではまず、舞《ぶ》台《たい》に注目してみましょう。遠くにある架空《かくう》の国……」

先生が話している間、あたしは窓《まど》からの新鮮《しんせん》な空気を吸《す》いこむ。こうやって外の空気にふれることで、落ちついていられる。でも、いいことばかりじゃなかった。外気が、別のなにかまで連れてきてしまったのだ。できれば避《さ》けたかった危険《きけん》なもの。せめて、夕方までは見たくなかったもの。

あのホタルだ。

三匹《びき》があたしの机《つくえ》におりたつと、さっきまで落ちついていた心が、ぎゅっとなる。あたしは反射的《はんしゃてき》にのけぞって、ホタルをよけようとする。椅子《いす》が床《ゆか》とこすれてキーッといい、みんなが、ちらっとこっちを見た。今は、なんの手も打たずに、三匹《びき》をただ無視《むし》することにしよう。あたしの手はもう、このまえの冒険《ぼうけん》のせいで、引《ひ》っかき傷《きず》だらけ。近づけなければ、三匹《びき》もかまってこないだろう。

ルビーとバスラ先生はおとぎ話について話していて、アキンとエズラはそのやりとりを聞きながら、メモをとっている。その間に、三匹《びき》があたしの肩《かた》にとまって、シャツをしつこく引っぱるものだから、すばやく手をあげて、パシッとはらう。

「だいじょうぶ、ヘイゼル？」

バスラ先生が、やさしくきいてくる。子どもが四人とおとながひとりだけの教室で、目立たないようにするのは難《むずか》しい。

ルビーがふりかえって、顔をしかめる。話のじゃまをされて、怒《おこ》っているのかなと思ったけれど、ただ心配しているだけみたい。

「あ、すみません」あたしはいう。「えっと、あの、トイレに行ってもいいですか？」

バスラ先生が、またほほえむ。先生は基本的《きほんてき》にいつも「楽しい」気分で過《す》ごしているのかもしれないな。

「もちろん、どうぞ！　最初にいったように、サマースクールはふだんの学校とはちがうから、授業中《じゅぎょう》でも自由に出入りしていいし、立ちあがって足をのばしたっていいのよ」

エズラが、ぱっと手をあげる。あげる必要はないのに。

「どうしたの、エズラ？」バスラ先生がきく。

「それって、家に帰ってもいいってことですか？」

先生は鼻を鳴らして笑いだす。

「いい質問《しつもん》ね」という。「でも、それはだめよ。さあ、つづけましょうか……」

先生が話している間に、あたしは急ぎ足で教室を出る。ホタルが、しんとした廊下《ろうか》についてくる。

窓《まど》から朝の光がさしこむ廊下《ろうか》を、ゆっくりと進んでトイレに向かう。次はどんな冒険《ぼうけん》が待ちうけているのか、考えただけでぞっとする。

廊下《ろうか》の壁《かべ》にならぶ掲示板《けいじばん》には、たくさんの作品がところせましと、ほこらしげに飾《かざ》られている。家や愛、喪失について書かれた詩の中に、上級生が描いた絵がときどきまじっている。ふと、一枚《まい》のスケッチに釘《くぎ》づけになった。目尻《めじり》にしわがより、楽しそうに笑っている仮面《かめん》がひとつ。その横には仮面《かめん》の下の顔。コンセントの穴《あな》みたいに、なんの表情《ひょうじょう》もない目から、涙《なみだ》がこぼれおちている。まさに、今のあたしだ。本当の気持ちをかくさなくちゃって思ってる。楽しい自分を演《えん》じてる。だって、だれも、きいてくれそうもないから。イギリスに引《ひ》っ越《こ》して、オーバさんといっしょに住んで、新しい友だちを作って。そういうことぜんぶ、あたしが本当はどう思っているのか、だれひとり、きいてこない。

あとからついてきていたホタルが、あたしの前に出た。オーバーオールを引っぱって、あたしを引きずるようにして進んでいく。これまでよりしつこく、強引になっている。教室の閉《し》まったドアの向こうから、ほかのクラスの子たちが先生と話しているのが聞こえる。ずいぶんさわがしいクラスもある。

トイレは、廊下《ろうか》のつきあたりの左手にある。その少し前で、白い壁《かべ》と灰色《はいいろ》のまだら模様《もよう》の床《ゆか》が変わりはじめた。壁《かべ》は節《ふし》くれ立った根におおわれ、床《ゆか》との境目《さかいめ》は草や野の花の茂《しげ》みで消されていく。トイレに近づくほど、なにもかもがどんどん形を変えていく。頭の上では葉が茂《しげ》りあって、大きなひさしを作り、その向こうで鳥がうたっている。

トイレのドアを開けると、そこにあったのは、ずらりとならんだ個室《こしつ》と洗面台《せんめんだい》ではなく、あちこちに花が咲《さ》く、うっそうとした森だった。

ホタルは薄暗《うすぐら》がりにまぎれてしまい、針《はり》でさした穴《あな》のように小さな光が見えるだけだ。

あたしは、じっと前を見つめて、進む。コケでおおわれた小道に靴《くつ》がしずみこむ。一度だけ後ろをふりかえると、トイレの入り口が完全に消えていた。だから、イギリスに来て最初の夜と同じように、ホタルのあとを追う。

9

あたしは、学校のトイレだったはずの場所を歩いていく。光が、まったくさしていない。

葉のひさしにさえぎられているのだ。この暗闇《くらやみ》でたよりになるのは、小さく光る三匹《びき》のホタルだけ。だから、ずっとあとをついていく。今まで、森のこんな奥深《おくふか》くまで足を踏《ふ》みいれたことはない。

なんでも大きくなるこの森では、木やホタルだけでなく、あたしの影《かげ》まで巨大《きょだい》になる。あたし自身は同じ大きさなのに。

歩いていると、道の両側からせまってくる茂《しげ》みが、カサカサいう。鼻をフンフンいわせる音や遠くのうなり声、それより近くではパカパカという力強いひづめの音が聞こえる。そのたびに、あたしはとびあがり、心臓《しんぞう》がバクバクいう。まるで胸《むね》の中で、かごの鳥が自由になろうと必死で羽をばたつかせているみたいだ。暗すぎてなにも見えないせいで、その見えないなにかを脳《のう》が勝手に作りだす。影《かげ》という影《かげ》が、ありとあらゆる化け物に形を変えていく。みんな、あたしを丸のみしようとねらっている。皮膚《ひふ》を切りさこうと、巨大《きょだい》な爪《つめ》をのばしてくるかも。鋭《するど》い牙《きば》をむき、よだれをたらしているかも。

バリッ。

あたしの頭くらいある大きな足をふりおろし、数秒で骨《ほね》をくだいてしまうかも。

バリッ。

まわりを獣《けもの》の化け物に囲《かこ》まれているかも。聞こえるのは、あさい息づかいだけ。顔に熱い息がかかる。近づいてくる。近づいてくる。

バリッ。

あたしはとびあがって、ふりむく。でも、なにもいない。また前を向くと、ホタルが消えていた。あたしひとりだ。ここでは空気が重く感じられ、胸《むね》を圧迫《あっぱく》する。あたしは息をするたびに、必死で吸《す》いこむ。

すると、目の前にひと筋《すじ》の光がおりてきた。その中に足を踏《ふ》みいれたとたん、三匹《びき》の声が聞こえだす。これまでとまったく同じように、ささやいてくる。

「持っているんだろう？　持っているんだろう？　持っているんだろう？」

「持っているって、なにを？」

本当は、なんのことか、心あたりがあるけれど。

「ぬすんだ実だ。ぬすんだ実だ。ぬすんだ実だ」

あたしは、だまりこむ。どうして知っているんだろう？　なんだか危険《きけん》なにおいがする。ちょうど灰《はい》や煙《けむり》と同じだ。ホタルは怒《おこ》っているんだと、直感でわかる。声は、いつものように、うっとりするほどやさしいけれど。

「持ってないけど？」

できるだけ堂々《どうどう》といおうとしたのに、声がうわずって、質問《しつもん》みたいになってしまった。

沈黙《ちんもく》。

次の瞬間《しゅんかん》、三匹《びき》がささやく。

「うそだ。うそだ。うそだ」

それにあわせて、あたしの心臓《しんぞう》がドクン、ドクン、ドクンと鳴る。

それから、恐怖《きょうふ》のオーケストラのように、声がつづける。

「ぬすんだ実をかえせ。さもないと、報《むく》いを受けるぞ。ぬすんだ実をかえせ。さもないと、報《むく》いを受けるぞ。ぬすんだ実をかえせ。さもないと、報《むく》いを受けるぞ」

あたしは目をぎゅっとつむって、こんなとき、ルビーだったらなんていうか考える。すると、ルビーの声が聞こえたような気がした。口を開いたのは、あたしだけど。

「かえさなかったら、どうなるの？」

「シシシシ。シシシシシ。シシシシシ」

三匹《びき》が笑いだす。

「やってみるといい。やってみるといい。やってみるといい」

あたしをためすように、いう。

口が乾《かわ》き、言葉がちぢみあがって、なかなか出てこない。はじめてイギリスにおりたったときのようだ。でも、とりかえしのつかないことになるまえに、ちゃんときいておかなくちゃ。

「どんな報《むく》いを受けるっていうの？」

「おまえの心の奥底《おくそこ》にひそむ最悪の恐《おそ》れが、現実《げんじつ》になるぞ……」

「なにも恐《おそ》れてなんかない」

きっぱりという。うそだけれど。というのも、ホタルの言葉で思い出したことがあるからだ。

あれは、三匹《びき》がはじめてやってきてから、まもなくのことだ。ママとパパはあたしの両手の引《ひ》っかき傷《きず》に気づいて、〈ホタルの森〉と、そこであたしが何度も何度もさせられた、ひたすら木にのぼって実をとりつづけるという冒険《ぼうけん》の話を、真剣《しんけん》に聞いてくれた。

その夜おそく、あたしは、いつもならぐっすり寝《ね》ている時間にたまたま起きていて、ママとパパがキッチンで話しているのを聞いてしまった。ドアがほんの少しだけ開いていて、ふたりの顔は見えなかったけれど、声ははっきりと聞こえた。

「ぼくらのせいかな？」

パパがママにいった。風邪《かぜ》を引いているときのように、はなをすすっていた。

「なにか、まちがっていたんだろうか？」

ママはいつも、自分なりの答えを持っている人だ。だから、ママが次にいった言葉に、あたしは怖《こわ》くなった。

「わからないわ……そうなのかも」

「あの子が最初に話してくれたときに、もっとちゃんと聞くべきだった」

パパが、またはなをすすった。

ママは、ため息をついた。それからパタパタと足音がして、電気ケトルのスイッチを入れる音がした。

「今大切なのは、次にどうするかよ」

あたしは、パパが答えるのを待った。でも、その返事に心がしずんだ。

「ぼくは、だめだな。両親にそっくりだ。もしかしたら、ヘイゼルは、ぼくらがいないほうが幸せなのかもしれない」

「あなたは、だめなんかじゃない！」すごく怖《こわ》い声で、ママはいった。「ちっともご両親ににてないわ」

するとと、パパは泣きだした。声をあげて泣きだしたのだ。あたしは、あわてて部屋にもどった。十分後、パパとママが様子を見にきたときには、ぐっすり寝《ね》ているふりをしたのだった……。

「おまえの心の奥底《おくそこ》にひそむ最悪の恐《おそ》れが、現実《げんじつ》になるぞ」

もう一度、ホタルにいわれて、あたしは、はっとわれにかえる。

「いいのか？　両親にすてられ、大おばとふたりきりで暮《く》らすことになるぞ。父親とまったく同じようにな」

そのとおりだ。自分の心の奥底《おくそこ》にひそむ最悪の恐《おそ》れを、ひと言ひと言、はっきりと聞かされて、体が冷たくなると同時に熱くなる。

「ど、どうして、そんなことわかるの？」

ほとんど、ささやくようにいう。

でもこれには、ホタルは答えない。この森での沈黙《ちんもく》は、三匹《びき》の言葉と同じくらい怖《こわ》い。なにをすればいいのかいってもらわないと、ここを出ることができないからだ。

あたしは、まえに、なんとかホタルを無視《むし》しようとしたことがある。たたいて、はらおうとした。でも、むだだった。どこまでも追いかけてきて、引っかいてきた。三匹《びき》をつかまえようとしたこともある。でも、するりとにげられ、こらしめられた。だからいわれるがまま、木にのぼって実をとるしかなかった。ほんのつかのま、平和に過《す》ごしたい一心で。でも、そんな平和は一度も訪《おとず》れなかった。それどころか、事態《じたい》は、ひどくなる一方だった。でも、と声がする。今度は、あたしの声だ。まえのときは、パパとママがホタルを追いはらってくれた……。

確《たし》かにそうだ。でも、ふたりは今、ここにいない。三匹《びき》のいうことを聞かなければ、ふたりはぜったい、ここに来ない。

「さあ、どうする？　さあ、どうする？　さあ、どうする？」

「ぬすんだ実を、あとで持ってくるよ」

声がふるえる。きっと、これがホタルからの最後のミッションだ。

「いつ持ってくれば――？」

けれども、ホタルは消えていた。

森をおおいかくすように、たくさんの葉が降《ふ》りそそいできた。見ると、深紅《しんく》にそまっている。次々と力なく地面に落ちていく葉をながめながら、あたしの手のようだと思う。この手も、三匹《びき》にシャッ、シャッ、シャッと引っかかれて、血を流し、赤くそまっている。

フクロウが短く、鋭《するど》く鳴いた。森のどこかでドアがバタンと閉《し》まる音がして、カラスがいっせいにカーカーいいながら、散り散りに飛んでいった。光がさしこみ、前のほうに、なにかの影《かげ》が確《たし》かに見えた。

シカ？　それとも馬？

まばたきをひとつする間に、学校のトイレにもどっていた。そこへちょうど、ルビーがドアから入ってくる。あたしを呼《よ》びにきたのだ。

「いたいた！」ルビーは、ほっとしたようにいう。「ずっともどってこないから、どこかに行っちゃったのかと思った」

あたしは、それには答えない。だって、本当のことをいうわけにいかないでしょ？　かわりに「ごめんね」とあやまる。

ルビーは、目をくるりとまわす。

「あやまらなくていいって。でも、行こう。早く早く」うれしそうにいう。「最初の作業がはじまるよ。それとね、バスラ先生が、おやつを持ってきてくれたんだよ」

あたしは、ルビーのあとについていく。ママとパパのあとについて空港に行き、ムーさんのあとについて飛行機に乗り、オーバさんのあとについて家に行き、ホタルのあとについて森に入りこんだように。

いつか、あたしが先に立って歩く日が来るのかな？

10

それから何日かかけて、オーバさんとあたしは、ふたりでの毎日に慣《な》れていった。朝食と昼食と夕食の時間はいつもきまっているけれど、なにをして過《す》ごすかは、その日によってちがう。

オーバさんはリビングの小さな書斎《しょさい》コーナーの机《つくえ》で仕事をすることもあれば、古い家のあちこちに手を入れることもある。たとえば、ある日の午後、電気が使えないことがあったのだけど、それはオーバさんが配線を交換《こうかん》していたからだし、別のときには、水道が使えなかったのだけど、それはオーバさんが配管を修理《しゅうり》していたからだ。オーバさんは、なんでも自分ひとりでできるようだ。だれの手もかりない。そんなこと、あたしには、ぜったいむりだろうな。

ときどき、あたしがそばにいないときに、オーバさんがキッチンの冷蔵庫《れいぞうこ》の横の、例の部屋を確認《かくにん》しているのが聞こえる。あそこには、いったいなにがあるんだろう？　なんだか、あやしい。オーバさんがかくそうとすればするほど、あたしは知りたくなる。カチッカチッという南京錠《なんきんじょう》のダイヤルの音と、キーッというドアの音は、もう、おなじみの音になっている。

サマースクールへ行ったり、オーバさんの家の手伝いをしたり、オマルとオンラインで連絡《れんらく》をとりあったりしているうちに、毎日が飛ぶように過《す》ぎていく。オマルとはノートパソコンでいっしょにゲームをしたり、オマルがディズニーランドに行ったときに撮影《さつえい》した動画を見せてもらったりする。

水曜日の美術《びじゅつ》の授業《じゅぎょう》では、静物画を描《か》くことになり、対象物《たいしょうぶつ》をきめなければならなかった。あたしは森から持ち帰ったリンゴを選んだ。ホタルが来たときのために、いつも持ち歩いているのだ。人はふだん、リンゴはどれも丸くて赤いと脳《のう》によって信じこまされているけれど、よく見ると、そうじゃないというのは、おもしろい発見だった。人がみんなちがうように、リンゴもみんなちがう。でこぼこがあったり、傷《きず》があったり、赤といっても濃《こ》かったり、うすかったり。おまけに、ほかの色もまじっている。あたしは結局、赤のほかに青と紫《むらさき》と黄色と、それからオーバさんのウサギのアメリがかじった跡《あと》にはオレンジ色を使った。

リンゴをかえさなければ、報《むく》いを受けるという三匹《びき》のおどしのことを、つい考えてしまう。心の奥底《おくそこ》にひそむ最悪の恐《おそ》れを、頭の中の、どこか目につかないところにやってしまいたいのに。あの森のかげにひそむ化け物のように、ずっとかくれていてほしいのに。でももし、最悪の恐《おそ》れも森の化け物も、あたしをつかまえようと出てきたら、どうすればいいの?

週末になった。今日は、まだ一度も雨が降《ふ》っていない。こんなことは、イギリスに来てからはじめてだ。というわけで、とうとうオーバさんが庭をきちんと案内してくれることになった。

家の横の、キッチンと外をつなぐドアのそばからスタートだ。ふぞろいの敷石《しきいし》が、落としたパンくずのように、くねくねしながら生垣《いけがき》のアーチにつづいている。その向こうには、さらにたくさんの石が花の間をぬうように敷《し》かれているのがちらりと見える。

敷石《しきいし》は庭のあちこちを曲がりくねり、いくつもの小道を作っていた。そのところどころに「バラの入江《いりえ》」とか「ゼラニウムの大通り」とか書かれた小さなプレートが立っている。

「これは、わたしのお気に入りのひとつよ」

ある花のコーナーで、オーバさんがいう。いくつもの花がたれさがって咲《さ》いていて、ちっちゃな紫《むらさき》のベルのようだ。

「キツネノテブクロというの。でも、妖精《ようせい》のベルと呼《よ》ぶ人もいるわ。この中には妖精《ようせい》がすんでいると信じられているからなんだけど……ほら、見て。本当にすんでいる生き物がいるわよ。見える？」

オーバさんは、ささやき声になり、ゆっくりと動いて、花の茎《くき》をそっとつまんだ。あたしは中をのぞきこむ。オーバさんがいったように、もしかして妖精《ようせい》だったりして、とちょっとだけ期待したけれど、見えるのは、どこかサヤインゲンのようなものだ。

「これ、なんですか？」

「イモムシが、サナギになったのよ！」オーバさんが、少し大きな声でささやく。「じきにチョウになるわ。少しまえに見つけたの。あなたが来るまえに……それで、チョウになるまで観察したら、あなたも楽しいんじゃないかと思ったのよ」

その豆のようなサナギが、チョウにすがたを変えていくところを想像《そうぞう》してみる。

昨日の理科の授業《じゅぎょう》で、夏休みに育ててみましょう、と謎《なぞ》の種をわたされた。あたしのはなんの種なのか、まだよくわからないけれど、いちばんりっぱに育てた人には特別に、家で育てるための苗木《なえぎ》がおくられるという。優勝《ゆうしょう》したら、オーバさんがよろこぶかもしれないな。

「チョウの群れには、いろいろな呼《よ》び方《かた》があるって知ってましたか?」あたしはいう。「あたしがきらいなのは、『swarm(大群)』と『rabble(野次馬)』です。だって、チョウのことがじゃまみたいに聞こえるから。反対に、すごく好きなのは『flutter(羽ばたき)』と『kaleidoscope(万華鏡《まんげきょう》)』」

「まあ」と、オーバさん。「『万華鏡《まんげきょう》』はいいわね。あの模様《もよう》は、チョウの羽の鱗粉《りんぷん》のようだもの。そう思わない?」

確《たし》かに。サナギが安心してチョウになれるよう、そっとしておくことにして、あたしたちは庭のほかのコーナーに移動《いどう》する。

オーバさんの庭は、どこまでもつづいているようだ。庭そのものが、ひとつの世界みたい。奥《おく》に行けば行くほど、いい香りと、夏のけだるくてぼうっとした感覚に包まれて、あたたかく抱《だ》きしめられているような気分になってくる。それにこの庭では、何千匹《びき》もの小さな生き物が動きまわっている。クモに、ワラジムシに、アリに、カブトムシ。たくさんいすぎて、とても追いきれない。でも生き物のほうは、追ってくる。みんなで虫の世界を作りあげ、庭を観察してまわるあたしたちのあとをついてくるのだ。かすかな音を立てながら。

オーバさんは、本当にたくさんの花の名前を教えてくれ、食べられる花まで見せてくれた。しかも、ひとつ口に入れ、食べてみせた。あたしはおどろいて、息がとまりそうになったけれど、オーバさんのまねをしてみる。最初は、口の中でチョウが飛んでいるようだった。花びらが、ほおの内側をくすぐる。でも、かんでいるうちに、少し苦みを感じた。チョウというよりサラダかも。

ようやく、庭の奥《おく》に出た。ふりかえると、オーバさんの家がリンゴくらいの大きさになっている。この庭はまさにひとつの世界だ。イギリスに着いて最初の晩《ばん》に水の音が聞こえたけれど、ここからだったのだろう。庭の先に小川があるのだ。そこから引いた水が花の間やまわりをくねくねと進み、庭の中にある池につづいている。

池の水面から顔を出しているのは、スイレンの葉に、そのほかの植物に……。

「カエルだ！」

うれしくて、思わず声をあげてしまう。

オーバさんが笑いだす。

「このへんには、たくさんいるわよ。カエルの群れは、なんていうか知っている？」と片《かた》方《ほう》の眉《まゆ》をあげる。

あ、知らないかも……。

「『army（軍隊）』よ」

あたしに教えることができて、オーバさんはうれしそうだ。あたしは三回くりかえして、おぼえる。


庭の散策《さんさく》のあと、あたしは、見つけた虫をかたっぱしから調べつづけている。おとぎ話の舞台《ぶたい》になっている森について調べるという課題が出たけれど、それはそっちのけだ。こうやってパパの部屋——じゃなくて、あたしの部屋——にいると、まだ変な感じがするけれど、安心もする。ここには、パパがいた跡《あと》がのこっている。パパのお気に入りのミュージシャンのポスターがはってあったり、学校の友だちとうつった写真が色あせた壁紙《かべがみ》をうめつくすように飾《かざ》られていたり。パパたちは頭にネクタイを巻《ま》いて、子どもからおとなになるのをお祝いしている。

写真のパパは、今と同じ笑顔《えがお》だ。それに、今と同じように、気楽にふるまっているのが伝わってくる。そんなこと、あたしには逆立《さかだ》ちしたってむりだろう。ママもパパと同じように、気楽に考えられる人。ふたりにとって、引《ひ》っ越《こ》しはかんたんそうだ。なにが起きても、流れに身をまかせることができるから。風になびく小麦のように。

あたしは、どちらかというと木だ。その場に立ちすくみ、根がはえたように動けなくなる。ちがう環境《かんきょう》で、どうやっていけばいいのかわからなくなってしまう。この家で、しばらくいっしょに暮《く》らしてみて思ったのだけど、もしかしたらオーバさんもあたしと同じかもしれない。

この部屋には、ライブやイベントのチケット、それから飛行機のチケットの半券《はんけん》ものこっていて、パパが世界じゅうを旅してまわった跡《あと》をたどることができる。ベッドの後ろの壁《かべ》に、ところどころやぶれていて端《はし》の丸まった古い地図がはってあって、パパが行こうと計画した国にカラフルなピンがささっている。

ピンをじっと見て、うちがないかと探《さが》す。パパとママはクウェートで出会った。どこかおとぎ話のようだけど、おたがいの友だちのパーティではじめて会って、ふたりにいわせると「意気投合」した。語りあかして日がのぼると、朝食に行こうという話になった。それから二年後、ふたりは結婚《けっこん》した、というわけだ。

この部屋が教えてくれるパパの人生の物語は、クウェートに行くまえまで。パパはクウェートに移《うつ》ってママと出会い、あたしが生まれた。壁《かべ》の地図が、過去《かこ》だけじゃなくて未来も教えてくれたら、どんなにいいだろう。そうしたら、ママとパパにすてられて、オーバさんとふたりきりで暮《く》らすことになるかもしれないという恐《おそ》れが、現実《げんじつ》になるかどうかわかるのに。

しばらくすると、あたしは課題にますます集中できなくなった。小さな机《つくえ》からノートパソコンのプラグをぬき、ベッドに入って座《すわ》ると、布団《ふとん》の上にパソコンを置く。

最初は、おとぎ話についてなんとなく調べているだけだったけれど、だんだん作業に没《ぼっ》頭《とう》してきた。そのうちに、『ラプンツェル』の原作がたまたま見つかった。物語は、ラプンツェルの両親が魔女《まじょ》の庭から野菜をぬすむところからはじまる。自分が持ち歩いている、食べかけの、くさりはじめたリンゴのことが頭をよぎった。だから、ホタルと木の実のことを調べてみると、ちょっと気味の悪いことがわかった。ホタルは共食いをする。あのホタル――むかしはもっとたくさんいたのが、三匹《びき》だけになったのかな？　ホタルが共食いをするという事実に、ぞっとする。

とはいえ、あの三匹《びき》も共食いをしてくれないかなと少し期待してしまう。そうすれば、もうじゃまされずにすむのに。そう思ったとき、パソコンのメールの着信音がした。学校で割《わ》りあてられたメールアドレスからだ。

やっほー！

作文の課題、もうやった？　終わっているかもだけど、なにかの役に立つかもしれないので、わたしが見つけた情報《じょうほう》を送るね。幽霊《ゆうれい》が出る森について調べたんだけど、そういうすごい森は世界じゅうにあるみたいで、記事がたくさんあったよ。どれも呪《のろ》われてて、人の死をまねくの。幽霊《ゆうれい》やゴブリンや悪霊《あくりょう》がいるんだって。おもしろそうじゃない？　あ、あと、木にたくさんの人形がつるされている森もあったよ。よく見ると、人形が手や首を動かしているの。ところで、わたしはドイツの〈黒い森〉を選んだよ。だから、それ以外だったら、好きな森を選んでね。ぞくぞくする森を調べたのは、バスラ先生が、おとぎ話の舞《ぶ》台《たい》は最初は恐《おそ》ろしいことが多いって話していたから。『白雪姫《しらゆきひめ》』みたいに。映画《えいが》は見た？

白雪姫《しらゆきひめ》が森に入ると、暗闇《くらやみ》に光るたくさんの目がじっと見つめてくるの。「白雪姫《しらゆきひめ》、おばけの森」で検索《けんさく》してみて。そのシーンの動画が見られるから。ヘイゼルがトイレに行っているとき、先生が見せてくれたの。

あと、ヘイゼルの名前の意味も調べてみたよ。知ってた？　アラビア語と英語、両方の名前なんだって。だから、大おばさんの名前をもらったんだとしても、ヘイゼルの名前でもあるよね。もう知ってると思うけど、「ヘイゼル」って、ハシバミの木のことでしょ？

でも、その実がいろいろな薬に使われてたってことは、知ってた？　それに、ハシバミの木は平和と健康のシンボルなんだって。お母さんがいってたんだけど、それってすごく幸《さい》先《さき》がいい（幸運とか、いいことがありそう）ってことらしいよ。そろそろ、クラリネットのレッスンに行かなくちゃ。じゃあ、月曜にね！

ルビー

課題について、いろいろ情報《じょうほう》を送ってくれて、ありがとう。それに名前のことも、とルビーに返信する。クラリネットってなに？　と質問《しつもん》もした。聞いたことのない言葉だから。

それから、教えてもらった動画を検索《けんさく》した。動画は、だれかが白雪姫《しらゆきひめ》に、森へにげるようにいっているシーンからはじまる。白雪姫《しらゆきひめ》は不安でいっぱいのようだけど、いわれたとおりにする。森は暗くて、なにも見えない。白雪姫《しらゆきひめ》が走ってにげていると、緑のつるが何本もしつこくからまってくる。それをどうにかふりきって、さらに森の奥《おく》へにげると、一本の木から、ふたつの目がじっと見てくる。その正体はフクロウだ。別の場所には、もっとたくさんの目。こっちはコウモリの群れ。

木が枝《えだ》をのばして、白雪姫《しらゆきひめ》のドレスをつかんだとき、あたしは自分の森と、今では親しみを感じるようになった木を、やけにはっきりと思い出してしまった。動画では森のなにもかもがゆがんで、すごく邪悪《じゃあく》なものに変わっていき、白雪姫《しらゆきひめ》は恐《おそ》ろしさのあまり、たおれこんでしまう。

この物語をもっとくわしく調べてみると、白雪姫《しらゆきひめ》は毒《どく》リンゴを食べたせいで、呪《のろ》いにかかって深い眠《ねむ》りについたことがわかった。オーバさんの白いウサギが頭に浮《う》かんで、不安になる。アメリも、あのリンゴを食べちゃったけど、だいじょうぶかな……。それから、『ラプンツェル』の物語のつづきを読む。母親が妊娠《にんしん》中、ぬすんだ野菜を食べたせいで、生まれてきたラプンツェルは、魔女《まじょ》に連れさられてしまったのだという。おとぎ話と食べ物。そこには、深いつながりがありそうだ。

こっそり階段《かいだん》をおりていくと、アメリが、キッチンのいつもの場所で眠《ねむ》っていた。冷蔵《れいぞう》庫《こ》の横の、オーバさんの秘密《ひみつ》のドアの前。まるで、そこの番をしているようだ。あたしはかがんで、アメリをなでる。アメリは、もうなついたみたい。今のところ、毒《どく》がまわっているようには見えない。でもどうしたら、手おくれになるまえにわかるんだろう？　とにかく、まだ魔女《まじょ》にさらわれていないことだけは確《たし》かだ。

ルビーのおかげで、課題は、かなり早く片《かた》づいた。でも、リンゴのことが頭からはなれない。リンゴをかえしたとき、かじった跡《あと》があるのをホタルは気にするかな？　あたしじゃなくて、アメリがやったんだって、ちゃんとわかるかな？

おとぎ話に出てくる食べ物について調べるたびに、同じ言葉が出てくる——呪《のろ》い。この言葉が頭の中をただようけれど、ハエをたたくように、はらう。

こんなの、ばかみたい。あたし、ばかみたいだ。ありもしないつながりをあると思いこんで、想像力《そうぞうりょく》を暴走《ぼうそう》させている。

それでも、考えずにはいられない。次に三匹《びき》のホタルが来たとき、いったいなにが起こるんだろう？

11

「ヘイゼル？　ヘイゼル！」

バスラ先生に呼《よ》ばれて、ぼうっとしていたあたしは、はっとする。毒《どく》リンゴのことがわかってからずっと、次に〈ホタルの森〉へ行ったらどうなるんだろうと気になってしかたがなかった。あの三匹《びき》からぬすんだリンゴは、バックパックの中だ。皮が黒ずんで、やわらかくなってきた。気分が悪くなるほどあまいにおいがただよっている。こうやってすぐそばに置いているせいで、あたしのふだんの世界と〈ホタルの森〉のすきまがうまり、ふたつがまじりあって、区別がつかなくなってきているみたい。

「すみません、先生」あたしはいう。

実は、この週末は、よく眠《ねむ》れなかった。気づくと、夜中にベッドからはいでて、アメリが無事か確《たし》かめて、またベッドにもぐりこんでをくりかえしていた。心配でたまらないのだ。ラプンツェルが魔女《まじょ》にさらわれたように、罰《ばつ》として、アメリがホタルに森へ連れさられていないか。そうでなければ、白雪姫《しらゆきひめ》みたいに毒《どく》がまわって、死んで冷たくなった体がキッチンの床《ゆか》に横たわっていないか。

夜、アメリの様子を確《たし》かめているところをオーバさんに見つかってしまい、寝《ね》ぼけて歩きまわっているふりをしたけれど、ごまかせなかった。オーバさんは、だめでしょ、といった。「子どもが、こんな時間まで起きていてはいけません」って。まだ十二時を過《す》ぎたばかりだったのに。

そこも、うちのほう、クウェートとイギリスのちがうところだ。うちのほうでは、夜、あまりの暑さに寝《ね》つけず、おとなも子どももみんなおそくまで起きている。イギリスでは、さっさと寝《ね》て、日の出とともに起きる。

「調べた森のことを、ちょっと話してくれる？」バスラ先生が笑顔《えがお》でいう。

「はい！」

あたしは、パラパラとノートをめくる。週末、いったん白雪姫《しらゆきひめ》のことはわすれて課題に取り組むと、調べ物はおもしろくて、どんどん進んだ。

「じゃあ」先生がうたうような声でいう。「まず森の名前をいって、どういう森なのか、かんたんに説明してちょうだい。それから、調べてわかった事実を三つ教えて。エズラ、アキン、ルビー、みんなも自分の番が来たら、同じようにしてね」

あたしは立ちあがる。発表するときは、そうしたほうがいいかと思って。

「あたしが選んだのは、ロンドンのハイゲート墓地《ぼち》の森です」

教室を見まわす。だれかを直接《ちょくせつ》見ないように気をつける。あたしは、うちのほうの学校でアメリカ英語を習ったので、そのなまりがある。ルビーたちみたいに聞こえるように、「r」の音を弱めにして、音節と音節の間に「ッ」を入れるようにして、イギリス英語っぽい発音を心がけているけれど、やっぱりほかのみんなとはちがう。

「都会の真ん中にある森なんて、おもしろいなと思います。調べてわかった事実は、ブラム・ストーカーの小説『吸血鬼《きゅうけつき》ドラキュラ』の舞台《ぶたい》ではないかといわれていること、この墓地《ぼち》は一八〇〇年代にできたこと、墓穴《はかあな》から吸血鬼《きゅうけつき》が身を乗りだしているのを見たといっている人がたくさんいることです」

発表を終えてはじめて、ルビーを見る。ルビーが、にっこり笑いかけてくる。それだけで心がはずむ。胸《むね》の中で、イルカがぐーっともぐってから、ザバッとジャンプしたみたい。

あたしは自分の番が終わったので、椅子《いす》にゆったり座《すわ》って、リラックスしようとする。

「ありがとう、ヘイゼル！」バスラ先生が満足そうにいう。「とてもすばらしい発表でした。

あなたのいうとおり、神秘的《しんぴてき》なものや気味の悪いものが、思いもよらないところで見つかることもあるわよね。森があるのは、人里はなれた場所とはかぎらない。だれもが知っている都会、それも、すぐそばってこともあるわ」

学校のトイレの中ってこともあるし、とあたしは思ったけれど、ただうなずく。

「それから」先生はつづける。「『吸血鬼《きゅうけつき》ドラキュラ』のことも、おもしろかったわね。ブラム・ストーカーは、有名な言い伝えにもとづいて、この作品を書いたの。知ってのとおり、言い伝えは、たくさんのおとぎ話のもとになっているわ。それにドラキュラの話でも、おとぎ話のおやくそくが使われているのよ。森はもちろん、お城《しろ》も。ヘイゼル、この授業《じゅぎょう》のテーマについてよく考えて、調べてきたのね。すばらしかったわ。じゃあ、次はだれかな？　アキン、どう？」

「ヤバッ。おれのは、めっちゃ、つまらないんだよな……」

「そんなことないと思うな。だいじょうぶよ、アキン」先生がはげます。

アキンは、ロビン・フッドが住んでいたシャーウッドの森について発表した。次のエズラは、映画《えいが》「ロード・オブ・ザ・リング」のロケ地になった森の話をしたけれど、バスラ先生は、どうしてもおとぎ話と結びつけることができなくて、『指輪物語』の本にも、すばらしいアイデアがたくさんつまっていたわね、といった。

次はルビーの番だ。ルビーも、あたしのように立ちあがった。照明の下で、背中《せなか》まである黒い髪《かみ》が輝《かがや》き、話すたびにゆれる。ルビーは、メールに書いていたように、ドイツの〈黒い森〉について発表している。グリム兄弟のおとぎ話では、〈黒い森〉が舞台《ぶたい》になっていることが多いこと。森にひそむオオカミや、湖の底《そこ》にすむ首なし騎士《きし》が出てくる物語のこと。この森はモミの木がうっそうと茂《しげ》っていて、日の光をほとんど通さないこと。この三つ目の事実は特に、気味が悪くて、ぞっとする。

あたしは、また〈ホタルの森〉のことを思い出す。あそこでは、ホタルがいなければ、進むことができない。歩いていると、どこまでも影《かげ》が追ってくる。カサカサこすれあう葉の音や、バリッという、なにかが踏《ふ》まれたような音がする。あの影《かげ》は、オオカミだったのかな？　それとも首なし騎士《きし》？

「おまえの心の奥底《おくそこ》にひそむ最悪の恐《おそ》れが、現実《げんじつ》になるぞ」とホタルはいっていた。でも今、あたしの恐《おそ》れは、ものすごいはやさで大きくなっている。あたしのせいで、アメリが死んじゃうかもしれない。ママとパパにすてられて、オーバさんとふたりきりで暮《く》らすことになるかもしれない。いつか、いつかホタルに、森に永遠《えいえん》に閉《と》じこめられてしまうかもしれない……。

12

学校からオーバさんの家までは歩いてすぐだ。そろそろ、このあたりにも慣《な》れてきたので、ひとりで帰ってきてもいいことになった。学校の近くの、村の中心には、小さな広場がある。そのまわりを郵便局《ゆうびんきょく》、カフェ、フィッシュ・アンド・チップス（注・白身魚のフライにポテトフライを添《そ》えた料理）の店、診療所《しんりょうじょ》がぐるりと囲《かこ》んでいて、いちばん近くの大きな町へ行くバスの停留所《ていりゅうじょ》もある。広場の近所にきちんとならんでいる家は、どれもいかにも新しそうだ。

でも、オーバさんの家に近づくにつれ、畑と野原だけになる。野原ではたくさんの牛がのんびり草を食べていて、マルハナバチがあちこち気ままに飛びまわり、花粉《かふん》を運んでいる。あたりの家は、広場の近所に整列している家とはちがって、てんでんばらばらに建っている。マルハナバチのように、自由な感じがする。

クウェートにいたときは、夏の午後はよく車で出かけていたけれど、車内は暑さでむっとしていた。日が高くなると、座席《ざせき》の熱で足が焼けそうだった。でも、イギリスではちがう。うちのほうとくらべて、太陽は低い位置にあるし、夕焼けの時間が、ずっと長くつづく。日が急にしずむんじゃなく、ゆっくりと空をピンクと紫《むらさき》にそめていく。次の美術《びじゅつ》の授業《じゅぎょう》では、それを描《か》きたいな。

イギリスに住んでいる人はみんな、こういう空に慣《な》れているのだろう。だって、だれもじっと目を向けたりしていないから。でも毎日、空は新しい物語を語ってくれる。空を見あげると、今起きている変化をぜんぶ、落ちついて受けとめることができる。

オーバさんの家は、曲がりくねった小道の先にある。道の両側に水路があって、水がたっぷり流れている。たぶん、オーバさんの庭を流れる小川につながっているんだろう。野原や畑の育ちすぎた草や小麦が風になびいてる。小雨が降《ふ》っていて、レンガの建物や目の前のコンクリートの路面がしっとりとぬれ、てらてら光っている。この道に歩道はないので、ときどき来る車は、近づいてくるとスピードを落として、あたしの横すれすれを通っていく。道の端《はし》ぎりぎりまでよけたあたしは、泥《どろ》だらけの草を踏《ふ》んづけ、ソックスがぬれる。

小雨で、髪《かみ》が、ゆっくりとちぢれていく。オーバさんの近所の家を一軒《けん》、また一軒《けん》と通りすぎる。みんな、家の中で気持ちよく過《す》ごしているんだろうな。あたしも、あと少しで家だ。

ある家の、柵《さく》で囲《かこ》った中くらいの広さの放牧地の前まで来た。シェトランドポニー（注・イギリスの北方、シェトランド諸島《しょとう》が原産の小型《こがた》の馬。たてがみとしっぽの毛が、長くてふさふさなのが特徴《とくちょう》）が一頭見える。白と茶色のぶちのポニーで、雨を楽しむように、軽《かろ》やかな足取りで動きまわっている。

オーバさんの「お菓子《かし》の家」は、もうすぐそこ、道の行き止まりにある。あわい黄色の石の壁《かべ》がジンジャーブレッドで、装飾《そうしょく》のほどこされた白い窓枠《まどわく》がアイシング。家の前には小さな白い木の門、その先には石の小道、それをたどっていくと重たい木のドア、家の横には庭がある。おとぎ話の世界から飛びだしてきたみたいだ。

でもざんねんだけど、あたしが近所の人たちのように心地よい家の中で雨をよけられるのは、もう少しあとになりそう。というのも、シェトランドポニーが近づいてきたと思ったら、あの三匹《びき》が見えたからだ。ホタルは、ポニーの頭の上にとまっている。まるで、ポニーの動きをコントロールしているようだ。

シェトランドポニーが頭をさげると、ホタルが一匹《ぴき》ずつ順に飛びたった。あたしの頭の上をくるくるまわって、柵《さく》のすぐ外にある茂《しげ》みへ連れていこうとする。

ずっと、このときを待っていた。リンゴはバックパックの中だ。キッチンの引き出しで見つけた小さなヘッドライトも入っている。これがあれば、森の中が見やすくなるだろう。三匹《びき》についていて、茂《しげ》みに入っていくと、すぐにイラクサのとげに襲《おそ》われた（イラクサについては、このあいだ、理科の授業《じゅぎょう》で習ったばかりだ）。左の足首の上のほうに、鋭《するど》い痛《いた》みが走る。エゾノギシギシがあれば、楽になるのに（注・イギリスの民間療法《みんかんりょうほう》。イラクサにふれてしまった部分をエゾノギシギシの葉でこすると、痛《いた》みが落ちつくといわれている）。でも、立ちどまって、探《さが》しているひまはない。ブラックベリーの小枝《こえだ》が顔を引っかいてくるので、目をつぶり、ほとんどはうようにして進む。ルビーに教えてもらった白雪姫《しらゆきひめ》の動画が頭に浮《う》かぶけれど、考えないようにする。もうすぐ茂《しげ》みをぬけるというところで顔をあげると、すぐ先に〈ホタルの森〉が大きく口を開けていた。あたしを待っている。

次の冒険《ぼうけん》のときが来た。ぬすんだリンゴをちゃんとかえして、心の奥底《おくそこ》にひそむ最悪の恐《おそ》れが現実《げんじつ》になるのを食いとめるんだ。

バックパックの中を探《さぐ》ってヘッドライトをとりだし、頭につける。ホタルが消えてしまったときのために明かりをつけ、森の木の間をジグザグに進む。前が見えるようになったので、こうして三匹《びき》についていくのも、今まてよりは怖《こわ》くない。見えるといっても、せいぜい一メートル先くらいだけど。それに、いつもどおり森の音は聞こえるので、安心はできない。葉がカサカサいう音や、なにかがうなる声がして、のどの奥《おく》へ、胸《むね》の中へとしみこんでいく。あたしは何度も息をのみ、とらえられた鳥があばれるみたいに、心臓《しんぞう》がはげしく鼓動《こどう》する。

森の音に重なるように、とうとう、ささやき声がした。

「持ってきたか？　持ってきたか？　持ってきたか？」

「持ってきたよ」あたしの声が響《ひび》きわたる。今回は、はっきりとしている。「ちゃんと、ここにある」

バリッ。

右で音がする。さっと首をまわすと、なにかが木の後ろに消えた。きっと、まえに影《かげ》だけ見かけたのと同じ生き物だ。今度こそ、すがたを見てやる。結局、影《かげ》も化け物も、正体がわかれば怖《こわ》くなんかない。でしょ？

「見せてみろ。見せてみろ。見せてみろ」

あたしは、リンゴをとりだす。もうやわらかくなっていて、アメリがかじってオレンジ色っぽくなったところから、果汁《かじゅう》が手首にたれてくる。

リンゴをのせた手をさしだすと、ホタルが飛んできて、うばいとろうとする。シャッ、シャッ、シャッとリンゴを引っかくたびに、その感覚が伝わってきて、背筋《せすじ》がぞくっ、ぞくっとする。

沈黙《ちんもく》。

次の瞬間《しゅんかん》、三匹《びき》がささやく。

「これではだめだ。これではだめだ。これではだめだ」

がっかりだ。どこかで、こうなることはわかっていた。それでも、もしかしたらだいじょうぶかもしれないと期待する自分もいた。

バリッ。

すぐ後ろで音がする。急いでふりかえると、白いしっぽがひゅっとゆれて、薄暗《うすくら》がりに消えた。パカパカというリズミカルな馬のひづめの音がしたあと、またささやき声が聞こえだす。

「どうしてだめなの？」

いらいらする。ふだんの世界と〈ホタルの森〉にいるときの、心の奥底《おくそこ》にひそむ最悪の恐《おそ》れを思い出す。

「おまえは罰《ばつ》を受けなければならない。おまえは罰《ばつ》を受けなければならない。おまえは罰《ばつ》を受けなければならない」

「罰《ばつ》って、なんの？」

「カギを持ってこい。カギを持ってこい。カギを持ってこい」

「カギって、なんの？」

歯を食いしばっていう。ああ、いらいらする！

バリッ。

今度は左。すかさずそっちを向くと、馬のおなか、おなかをけるぴかぴかの茶色いブーツ、ブーツをはいた足がちらりと見えて、消えた。

「ねえ、おねがい、教えてよ」ホタルに必死でたのみこむ。「なんのカギが必要なの？」

「木をノックするんだ。木をノックするんだ。木をノックするんだ」

「どうして？」

わけがわからない。ほんっと、いらいらする!!

「ノックしろ。さもないと、木《き》の精《せい》が、おまえのねがいがかなわぬよう、じゃまするぞ」

「ねがいごとなんてしてない！」

いらいらと恐怖《きょうふ》が、ごちゃまぜになっている。

「しただろう。しただろう。しただろう」三匹《びき》がささやく。

それで気づいた。確《たし》かにさっき、いった。おねがい、教えてよって……。

「木をノックするんだ。木をノックするんだ。木をノックするんだ」三匹《びき》の声がこだまする。「さもないと、教えられない。木《き》の精《せい》が、そうさせない」

あたしは、左の木の前に立つ。木をノックするんだと三回いわれたから、三回ノックして、カギのありかをききだすために待つ。

すると、シューッと大きな音がして、幹《みき》が下から上までガタガタふるえだす。あたしは両手でふれて、木がシューシューいいながら、ふるえるのを感じる。

「よくやった。よくやった。よくやった。木《き》の精《せい》が、じゃまをすることはない」

ほっとして、ため息をつく。これで、ホタルがカギのありかを教えてくれる。そうすれば〈ホタルの森〉があたしを吐《は》きだす。そう思って待っているのに、教えてくれないし、吐《は》きださない。

「なにを待っているんだ」声が、またこだまする。

「どういうこと⁉」

わけがわからず、大声をあげる。三匹《びき》は、あたしをからかって、楽しんでるみたい。でも、なんのために？

「森の木をのこらずノックしろ。のこらずノックしろ。のこらずノックしろ」

大きく息を吸《す》いこんで、あたしをぐるりと囲《かこ》む森をじっと見つめる。

「森の木をのこらず……？」

「そうだ。そうだ。そうだ」声がささやく。「ほらほら急げ。急げ。急げ。さもないと、冒険《ぼうけん》が終わらず、ここに閉《と》じこめられてしまうぞ、永遠《えいえん》に。永遠《えいえん》に。永遠《えいえん》に」

一瞬《いっしゅん》、こおりつく。心の奥底《おくそこ》にいちばんはじめに生まれて、ひそんでいる恐《おそ》れが、こだましてかえってくる。カギのありかを見つけだして、ここからぬけださなきゃ。今度こそ、これが最後のミッションだと思いたい（ねがう気にはなれないけれど）。

あたしは森をかけまわり、木を一本一本、三回ノックしていった。そのうちに、胸《むね》がさすように痛《いた》くなり、指の関節がすりむけて、赤くなった。ノックする手をかえ、両方とも真っ赤になってしまったころ、ようやく最後の一本にたどりついた。はじめてから、もう何時間もたっている気がする。

バリッ。

後ろで、そう、最初からずっとそうだったように、見えないところで、落ちた葉や小枝《こえだ》をひづめが踏《ふ》む音がする。

とうとう最後の木をノックすると、シューッという音があたりに響《ひび》きわたり、ほかの木の音もあいまって、森じゅうが恐《おそ》ろしいさわぎになった。静かにしてーっ！　と心がさけぶ。そのときだ。ついに見た。

あたしが照らしたヘッドライトの光に浮《う》かぶ真っ白な馬と、その上の人。

でも、人……なのかな？

左右の足がある。足首から上も、体もあって、斧《おの》を持っている。

でも、頭があるはずのところには……なにもない。

首のない体が、馬から飛びおりた。斧《おの》を大きくふりあげながら近づいてくる。ヒュッと刃《やいば》が空気を切り、バキバキッと音がする。

甲高《かんだか》い悲鳴が耳をつんざく。

一瞬《いっしゅん》、自分がさけんでいるんだと思った。でも顔をあげたら、ちがった。木の幹《みき》に、斧《おの》がささっている。木が、首のない化け物を食いとめてくれたのだ。あたしをかばって斧《おの》を受けとめようとした枝《えだ》は無残にも折られ、斧《おの》の到達《とうたつ》した幹《みき》から、真っ赤な血のような樹液《じゅえき》の雨を降《ふ》らしている。

そのとき、気づいた。化け物は、影《かげ》のままにしておいたほうがいいこともある。正体がわかって、もっと怖《こわ》くなることもあるのだと。

あたしはきびすをかえして、走りだす。木が泣きさけんでいる。化け物の首のあたりにぽっかりあいた穴《あな》に風が吹《ふ》きつけ、ヒューヒューうなっている。恐《おそ》ろしい声が、音が、小道まで追いかけてくる。

それにかき消されることもなく、ささやき声がする。

「カギは首なし騎士《きし》が持っている。カギは首なし騎士《きし》が持っている。カギは首なし騎士《きし》が持っている」

13

「どこへ行ってたの!?」オーバさんが大きな声を出す。

あたしが、ちょうど玄関《げんかん》のドアにカギをさしこんだところで、オーバさんがドアをぐいっと引っぱって開けたので、あたしは、引きずりこまれるようにして中に入った。

なんていえばいいのか、わからない。キッチンの暖炉《だんろ》の上の棚《たな》にある時計を見ると、六時半。サマースクールが終わってから二、三時間しかたっていないし、夕食の時間を三十分しか過《す》ぎていない。オーバさんはぜったいに夕食におくれない（というか、どんな予定にもおくれない）から、テーブルにお皿や食べ物があるかと思ったのに、ない。

オーバさんが、あたしを上から下まで見る。葉まみれの全身、泥《どろ》まみれのジーンズ、赤くすりむけた指の関節。オーバさんは顔にいろいろな表情《ひょうじょう》を浮《う》かべていて、気づかうべきか、怒《おこ》るべきか、考えあぐねているようだ。

「あたし……」くちびるがふるえ、涙《なみだ》がこみあげる。「あたし……」

オーバさんが、心配そうな顔になる。

「なにがあったの？」

「あたし……」と、またいう。これで三回目だ。「落ちちゃって」

「どこに？」

すぐさまオーバさんがきく。ちょっと、あやしんでいるみたい。

「学校まで歩いていって、またもどってきたけれど、どこにもいなかったわよ！」

声が音楽のように高くなったり低くなったりして、最後は高く、鋭《するど》くなった。

「水路に」あたしはいう。「えっと、その、足がすべって入っちゃったっていうか。だから、あの、学校から歩いて帰ってくるとちゅうで、落ちた……じゃなくて、すべったんです」

オーバさんは、ひと呼吸《こきゅう》置いてから、たずねる。

「本当にそうなの？」その目が真実を探《さぐ》ろうとしている。「あなたのお父さんとお母さんに電話しようとしていたところなのよ。まったく……こんなこと……」

オーバさんは椅子《いす》に腰《こし》をおろすと、ぼうっとした顔で、ぶつぶつとつづける。

「あなたのお父さんは、一度だって……まさかこの年で、こんな思いをするなんて」

「ごめんなさい、オーバさん」あたしはいう。「友だちのルビーって子といっしょにいて」

友だちと聞いたとたん、オーバさんの目がぱっと輝《かがや》いたのをいいことに、あたしはつづける。

「それで、その……学校のあと、ちょっとだけ、その子の家によったんです。ひいてくれるっていうから。あの、クラ、クラ、クラリ――」

「クラリネット？」オーバさんが助け船を出す。

「そう、それ！　えっと、見てみたくて……だから、オーバさんがさがしにきてくれたときは、外にいなかったんじゃないかな。ルビーの家にいたんだと思います。そのあと、家に帰るとちゅうで、落ちた……じゃなくて、すべったんです」

あたしはきっぱりという。うそをついたせいで、顔がかっと熱くなる。

オーバさんは、少しの間なにもいわずに、ただじっとあたしを見つめていた。それから、ため息をつく。

「あなたが友だちを作って、ここにだいぶ慣《な》れてきたことは、うれしいわ。でも、だからといって、好きな時間まで外にいていいわけじゃないのよ。クウェートの家ではどうだったかわからないけれど、ここにはここのルールがあるの。お父さんとお母さんに、このことを話さないといけないわね……」

「だめ！」あたしはいう。「おねがいだから、いわないで！　もうしませんから。やくそくします」

あたしがいなくなったことをオーバさんがママとパパに話したら、あの三匹《びき》のホタルがもどってきたことが、ふたりにはわかるだろう。そうしたら、心の奥底《おくそこ》にひそむ最悪の恐《おそ》れが、現実《げんじつ》になっちゃう。ママとパパにすてられて、オーバさんとふたりきりで暮《く》らすことになるかもしれない。パパがそうだったように。パパは、自分はだめな親だ、子育ては手に負えないと考えて、オーバさんにまかせるだろう。ママもパパと同じようにするだろう。ママとパパは、ふたりでひとつだから。

だめ。そうはさせない。あたしもオーバさんみたいにならないと。ぜんぶ、ひとりでなんとかしなくちゃ。だから、そうしよう。首なし騎士《きし》からカギを手に入れれば、なにもかも問題なし。もとどおりだ。

オーバさんはくちびるをかんで、時間を気にするように、時計をちらりと見る。

「向こうは、少しおそい時間かもしれないわね……」

どうしたらいいのかわからないというように、そわそわと行ったり来たりしている。こんなふうにストレスをかけてしまって、悪いなと思う。もとはといえば、あたしのせいじゃないけれど。それに、うそをついてしまって、本当に悪いなと思う。でも、ホタルのせいで、そうするしかなかったのだ。

「なにか食べませんか?」あたしはいってみる。

「え?」オーバさんが、きょとんとする。「ああ、いいえ。食事をするには、おそすぎるわ」

あたしは時計をちらっと見る。まだ七時。パパとママとは、もっとおそい時間に食べることが多かった。

「え……あー、はい……」ちょっとびっくり。

しばらくすると、オーバさんは静かに立ちあがって、リビングの書斎《しょさい》コーナーに行ってしまった。あたしは冷蔵庫《れいぞうこ》の黒板の予定をじっと見る。午後七時から九時は読書の時間か。

あたしは大きな器《うつわ》にシリアルを入れて、キッチンのテーブルで、ひとりで食べることにした。そのうちに、アメリがやってきた。なにか食べるものが床《ゆか》に落ちていないかと、探《さが》しまわる。ちっちゃな鼻といっしょに、ひげがぴくぴくしている。アメリは、ゆっくりとあたしのところに来て、真っ赤な目で見あげる。

「わかったよ」

アメリのおやつの缶《かん》から、いくつか出してやる。アメリもオーバさんが心配なのかもしれない。悪いことしちゃったなという思いが、胸《むね》をつきさす。あたしが怒《おこ》らせてしまったとき、ママとパパは、ちゃんとしかる。でもオーバさんは、カタツムリのように、殻《から》に閉《と》じこもるだけ。かくれてしまう。

アメリは、おやつを食べると、どこかへ行ってしまった。ふと例のドアを見ると、いつもは南京錠《なんきんじょう》がかかっているのに、ちょっとだけ開いている。あそこは、入ってはいけない秘密《ひみつ》の部屋……。ホタルが呼《よ》びにきたときのように、指がひりひりしだした。オーバさんが、あやしい部屋にカギをかけて、かくしておくほど大きな秘密《ひみつ》ってなんだろう？

あたしは、タイルの床《ゆか》をソックスのまま、音もなくつま先で歩いていって、ドアを引く。中は暗くて、よく見えない。あれ？　天井《てんじょう》から、ひもがぶらさがっている。電気のスイッチひもだ。先っぽに、木彫《きぼ》りのウサギがついている。

ウサギをつかんで引っぱると、電気がついた。

そこは、小さな部屋だった。棚《たな》が何段《なんだん》も何段《なんだん》もあって、そこに瓶《びん》がずらりとならんでいる。瓶《びん》の中には、気味の悪い蛍光《けいこう》グリーンの液体《えきたい》が入っていて、得体《えたい》の知れないものがねじれて、浮《う》いている。瓶《びん》を手にとるどころか、目の前のものがなんなのか考えるひまもなかった。後ろで悲鳴があがったからだ。

ふりかえると、オーバさんが、すごく怖《こわ》い目で見つめている。あたしが部屋から飛びでると、オーバさんはさっとドアに近よって、電気のスイッチを切り、ドアをバタンと閉《し》めてしまった。

オーバさんが、もう一度あたしを見る。その目はぎらぎらしていて、どうかしてしまったみたいだ。

「部屋に行きなさい！」顔を真っ赤にして、金切り声でいう。「けっしてここには入らないよういったはずよ。こんなふうに、こんな……部屋に行きなさい！」

あたしは、こおりついた。顔は、かっかしているのに。オーバさんは、ぜんぜん別の人みたいだ。あたしたちのどちらも動かない。あたしは、ゆっくりとあとずさりした。くるりと背《せ》を向け、階段《かいだん》をかけあがり、部屋に入って、バタンとドアを閉《し》めた。ベッドにもぐりこんで、すっぽりかくれる。下の階から音が聞こえるたびに、恐怖《きょうふ》が電気ショックのように体をかけめぐる。眠《ねむ》るまで、それはつづいた。

14

それから何日か、あたしはオーバさんの予定にきちんとしたがうようにした。ふたりとも、おたがいを避《さ》けるように注意深く動いていて、おかしなダンスステップでも踏《ふ》んでいるようだ。会話は、まったくといっていいほどない。オーバさんは、ほとんど一日じゅう庭にいて、あたしは、家の中をうろうろしている。

あの秘密《ひみつ》の部屋のことがなかったら、オーバさんといっしょに庭で過《す》ごしていたんだろうな。でも、あたしはもう部屋の中をのぞいてしまったし、オーバさんのあんな顔を見たあとでは、これまでみたいにはいかない。まったく新しいオーバさんと出会ったようなものだ。ききたいことが山ほどあるのに、オーバさんのほうを見るたびに、目をそらされてしまう。まるで、目の中に秘密《ひみつ》を抱《かか》えているみたいに。

サマースクールがない日は、いつもなら、オマルとパソコンでゲームをする。でも今週は、オマルがキャンプに行っているので、よけいにひとりぼっちだと感じてしまう。

最近、キッチンのすみの壁《かべ》に割《わ》れ目《め》を見つけた。そこに、アリが列になって、一匹《ぴき》ずつ消えていく。小さいころよくやっていたように、アリをかぞえてみると、安心した。あのときとは、なにもかもがちがうけれど。あたしは、カギのかかったドアをつい、ちらちらと見てしまう。あのとき見たものはなんだったのか、納得《なっとく》のいく答えをずっと探《さが》そうとしているけれど、見つからない。もっとちゃんと調べてみないと……。

何度か、南京錠《なんきんじょう》のダイヤルの数字の組み合わせをためしてはみた。でも、今のところ、うまくいっていない。数字は四桁《けた》。「0000」と「1234」、それからオーバさんにとって特別かもしれない年をてきとうにいくつかためした。でもカギは開かなかったので、ダイヤルを「０００１」から順番にまわしていったら、正しい数字の組み合わせになるまでに、どのくらい時間がかかるか調べてみた。結果は百十二時間。寝《ね》ずにやったとしても四日以上かかる。むりだ。そんな時間はない。なにしろ、こそこそやっているのだから。

それより、別の方法で部屋に入る絶好《ぜっこう》のタイミングを探《さが》したほうがいいだろう。オーバさんが近くにいないときにしないと……。ふだんなら、ばれないか心配するところだけど、オーバさんはもう怒《おこ》っているんだから、ばれたって、たいして変わらないよね？

不安なときや怖《こわ》いとき、あたしはいつも、まだ知らない群れの呼《よ》び方《かた》をいくつか調べて、声に出していってみる。これまでに調べた中で気に入っているのは、コウモリの「cauldron（大鍋《おおなべ》）」、ラクダの「caravan（隊商）」、ヤマアラシの「prickle（針《はり》）」。

ママとパパは、毎週電話をくれるとやくそくしたのに、二回目の電話をわすれてしまった。「荷作りでいそがしくて」とパパからメールが来た。なぜか、パパとママがリビングで妖精《ようせい》を荷作りしているところが頭に浮《う》かぶ。あれはたぶん、オーバさんの庭のキツネノテブクロの中にすんでいる妖精《ようせい》だ。そんなことを考えていたら、心配になってきた。ひょっとして、あたしのふだんの世界と〈ホタルの森〉のふたつが、まじりあっているのかな？心の奥底《おくそこ》にひそむ最悪の恐《おそ》れが現実《げんじつ》になるように、三匹《びき》のホタルがなにかじゃまをして、パパとママがあたしに電話できないようにしているとか？　首なし騎士《きし》からカギを手に入れなければ、ママとパパと話すことができないの？

パパのメールに、オーバさんとはうまくやっているかい？　とある。あの瓶《びん》でいっぱいの部屋のことをパパにききたくてたまらない。でも、パパにはわからないだろう。それに、あたしがなにかいったら、家に帰ってくるのがおそかったことをオーバさんが話してしまうかもしれない。そうしたら、あのホタルがもどってきたことが、パパとママにわかってしまうだろう。だって、オーバさんにはうそがいえたけど、パパとママにうそをいうのは、たぶんむりだから。なので、メールの返信では部屋のことはきかずに、サマースクールとおとぎ話のことだけを書いて、あの三匹《びき》のことはなにがあってもぜったい書かないようにする。

このまえの電話で、ママとパパは、あたしがなにもかもうまくやっていて、ほこりに思うといっていたから、本当のことを知らせるわけにはいかない。

「ヘイゼル！」

オーバさんが下で呼《よ》ぶ声がした。午後五時ちょっとまえ。夕食にはまだ早いし、なにかしたかなと不安になる。南京錠《なんきんじょう》をいじったことがばれちゃった？

下におりていくと、オーバさんがコンロの火にかけた大きな鍋《なべ》で、なにかをゆでていた。ハーブを入れて鍋《なべ》をかきまぜているすがたは、魔法《まほう》の薬の材料を入れて大鍋《おおなべ》をかきまぜている魔女《まじょ》のようだ。

「夕ごはんにダンプリング（注・小麦粉《こむぎこ》にスエットと呼《よ》ばれる牛脂《ぎゅうし》などをまぜて練り、ゆでただんご。スープやシチューに入れて出す）を作るんだけど、手伝ってくれる？」

オーバさんが、こっちを見ずにいう。まるで、頭の後ろに目がついているみたい。まつ毛やひとみがちらりとでも見えないかと、オーバさんの髪《かみ》を近くでよく見てみるけれど、そんなものはない。

「今夜はダンプリング入りのシチューよ」

オーバさんは横の調理台を示《しめ》すように、ちょっと見る。材料の山があって、その前に開いた本が置かれている。百年前に書かれたようなすごく古い本で、魔法《まほう》の呪文《じゅもん》でものっているのかと、ちょっぴり期待する。でも、ただのダンプリングの作り方だった。

材料をまぜ、こねているうちに、ダンプリングの生地《きじ》がひとつにまとまっていく。いい感じにかたまった生地《きじ》を小さくちぎって丸め、おだんごにする作業は、ねんど遊びみたいで、気持ちが落ちつく。

料理が完成した。あたしは、ダンプリングをちょっとかじってから、シチューを口に入れる。

「おいしい！」

一瞬《いっしゅん》、オーバさんとぎくしゃくしていることをわすれてしまう。

「よかった」

オーバさんがほほえむ。でも、これまでとはちがって、なんだかよそよそしい。そのあとは、いつものように、だまって食べた。

オーバさんが静かに食べつづけているので、あたしはホタルのことと、持ってこいといわれたカギのことを考える。次にあの三匹《びき》が来たら、首なし騎士《きし》に立ちむかわなければならない。そうしないと、帰してもらえない。思い出しただけで、恐怖《きょうふ》が打ちよせる波のように襲《おそ》ってくる。

そのときだ。両手がひりひりしたような気がした。くせで、シャツのそでで手をかくす。森じゅうの木をノックしたあとということもあって、今、あたしの手は、はずかしいほど傷《きず》だらけだ。

少しすると、三匹《びき》のホタルがキッチンにふわりふわりと入ってきて、オーバさんとあたしの上を飛びはじめた。オーバさんが気づいて、なにかきいてこないように、あたしは必死で上を見ないようにする。

アメリは、いつものようにオーバさんとあたしの間にある指定席で、のこりものをねらっていた。でも、あたしの不安を感じとったのか、ホタルの気配に気づいたのか、椅子《いす》からぱっと飛びおりると、あっというまに廊下《ろうか》に出ていってしまった。

「どうしたの、アメリ？」

オーバさんが立ちあがって、あとを追う。それにあわせて、ホタルが一匹《ぴき》、また一匹《ぴき》と、あたしの指の関節にとまる。フォークとスプーンをぎゅっとにぎりしめ、無視《むし》しようとするけれど、三匹《びき》が、シャッ、シャッ、シャッとやりだしてしまった。

あたしは椅子《いす》をキーッといわせて立ちあがり、キッチンを出ていこうとする。この三匹《びき》が、どうしても今、森へ連れていこうとするなら、どこかひとりになれる場所に行かなくちゃ。オーバさんの見えないところへ。

「どうしたっていうの、アメリ？」

オーバさんが、アメリを抱《だ》いてもどってきた。アメリは大暴《おおあば》れしている。オーバさんを引っかき、にげようともがくので、オーバさんはおろしてやった。アメリは、あたしたちの間でちょっとうろうろしたあと、また出ていってしまった。そこではじめて、オーバさんが、おや？　というようにあたしを見る。

オーバさんが怒《おこ》っているのか心配しているのかわからない。どっちともとれる顔をしている。おでこと眉間《みけん》にぐっとしわがよっていて、Tの字みたい。このしわも、さっきこねたダンプリングの生地《きじ》のしわみたいに、かんたんにのばせたらいいのに。そうすれば、怒《いか》りも心配も消して、なかったことにできるのに。そんなことを、ちらりと思ってしまう。ぜんぶなかったことにできたら、今のあたしのおかしな行動について、説明しなくてすむ。

「あの――」両手をぎゅっと組みあわせ、指をもぞもぞさせる。「ちょっと具合がよくなくて……」

そういったとたん、グワーッと大きくおなかが鳴る。中にカエルでも閉《と》じこめているみたい。あたしはそでを引っぱって、ホタルから手をかくそうとする。そんなことしても、むだだってわかっているけれど。三匹《びき》は、もうそでの中に入りこみ、うでをはいあがっていき、ひじをシャッ、シャッ、シャッと引っかいている。思わず、ぴくっとしてしまう。いらいらしすぎて、涙《なみだ》が出てきた。

体が熱くなってきた。パニックになってきた。オーバさんが近よってくるから、なにもかも、ますますひどくなる。

「ええ、そうね、具合がよくないのよ。ほとんど食べてないもの」

オーバさんは、もう目の前にいて、おでこに手をのばしてきた。あたしは、じっとりと汗《あせ》ばんでいて、気を失いそう……。

ところが、オーバさんがふれた瞬間《しゅんかん》、魔法《まほう》が起きた。ビリッとなって、体じゅうにパワーがみなぎったのだ。まるで電気ショックだ。

「まあ！」

オーバさんがクスクス笑う。今度はちゃんとした笑顔《えがお》だ。

「静電気だわ」

オーバさんの手は、おどろくほどひんやりしていて、気持ちがいい。それに、強そう。たこができていて、ホタルから守るよろいみたいだ。

オーバさんがふれた衝撃《しょうげき》で、ホタルは、ぱっとそでから出ていき、廊下《ろうか》へ行ってしまった。今まで、一度も消えたことなんかなかったのに。でも、どうして？　オーバさんのことが怖《こわ》いのかな？

「もう、よくなったみたい」

あたしは、ふるえる声でいうと、また座《すわ》って、ダンプリングを食べる。そうしないと、オーバさんは心配しつづけるだろう。

「ほんのちょっと、くらくらしただけです」

グワーッと、またおなかのカエルが鳴く。

アメリがキッチンにもどってきて、あたしの足元に座《すわ》った。冬の風に吹《ふ》かれる葉のように、小刻《こきざ》みにふるえている。あたしは食べおわると、アメリを抱《だ》きあげて、ひざにのせ、やさしくなでた。そうしているうちに、アメリはぐっすり眠《ねむ》ってしまった。

15

家の横にあるキッチンのドアから外に出てきたあたしは、ジャスミンをじっと見つめる。ジャスミンは、目の前の壁《かべ》にそって、ちょうど端《はし》から端《はし》まで植えられていて、生《お》い茂《しげ》る葉とまじりあうように、白く小さな花が咲《さ》きほこっている。星のような形の花は、つまれるときを待っているようだ。

家のこちら側には、窓《まど》がふたつある。ひとつは一階の、キッチンの冷蔵庫《れいぞうこ》のとなりにある、例の秘密《ひみつ》の部屋の窓《まど》で、もうひとつは二階の、オーバさんが寝《ね》ている部屋の窓《まど》。この家はとても古く、むかしからあっちを直したり、こっちをつけたしたりをくりかえしているため、つくりが不規則《ふきそく》だ。そのせいで、秘密《ひみつ》の部屋の窓《まど》は、一階といっても、とても高いところにあり、手をぴんとのばしてもとどかない。

真夜中の今、電気はすっかり消えている。オーバさんの秘密《ひみつ》の部屋をもう一度確《たし》かめてみようと勇気をふるいおこすのに、少し時間がかかってしまった。外に出るまえに、念のため、南京錠《なんきんじょう》が開かないか、何度かためしてもみた。あの部屋にあるものがなんなのか、ちゃんと知る必要がある。そうしないと、あたしがいっしょにいるのはいったいどんな人なのか、わからない。

もし三匹《びき》のホタルがオーバさんを恐《おそ》れているのなら、その理由を知りたい。そうすれば、三匹《びき》を追いはらう方法がわかるかもしれない。自分ひとりでなんとかするか、オーバさんに本当のことを打ちあけて、ママとパパにすてられ、永遠《えいえん》に会えなくなるか、そのどっちかしか、あたしにはないんだ。

キッチンからこっそり庭に出てきたのは、ついさっき。明かりはないけれど、月と星が輝《かがや》いていた。窓《まど》から秘密《ひみつ》の部屋をのぞきこむつもりだった。ジャスミンの香りにさそわれるように歩いているうちに、夢《ゆめ》の中みたいにぼうっとしてきて、立ちどまった。外国に引《ひ》っ越《こ》すというのも、こんな感じだ。新しい国におりたって、いろんなことに慣《な》れていく。変化やちがいをとりこんで、あますぎるホットチョコレートのように、少しずつ飲みこんでいく。でもふいに、もうたくさんだとさけびたくなる。苦しくなって、気分が悪くなってくるのだ。

外は、夏の夜にしては、肌寒《はだざむ》い。風が強く、ガウンをしっかり巻《ま》きつけていないところから入りこんでくる。まるで、悪霊《あくりょう》が次にとりつく肉体を物色しているようだ。急に雨がパラパラふりだして、風がヒューヒューうなる。あたしになにかささやきかける声が聞こえた気がして、ホタルがいるのかと怖《こわ》くて何度かふりかえる。

あの三匹《びき》は、オーバさんに追いはらわれてから、もどってきていない。いいことのはずなのに、落ちつかない。このままずっと森へ行かず、首なし騎士《きし》からカギを手に入れなければ、三匹《びき》が、あたしの心の奥底《おくそこ》にひそむ最悪の恐《おそ》れを現実《げんじつ》にしてしまうんじゃないかと心配だ。

ジャスミンの壁《かべ》には、はしごが立てかけてあった。地面にしかれた砂利《じゃり》に、しっかりおしこんである。それを慎重《しんちょう》に持ちあげて、秘密《ひみつ》の部屋の窓《まど》の右側に移動《いどう》する。ちゃんと固《こ》定《てい》するために、両手でつかんで、足をかけ、ぐっとおしこむ。すると、はしごが手の中でぐらぐらし、足元でミシミシいう。だれかが下ではしごをおさえていて、あたしが落ちたら受けとめてくれたらいいのに。でも、そんな人はいない。それに、なんでも自分ひとりでやるときめたはず。オーバさんみたいになるために。あぶなくても、やらなくちゃ。ひとりで宝物《たからもの》を探《さが》す旅人といっしょだ。

でも、あの秘密《ひみつ》の部屋にあるのは、どう考えても宝物《たからもの》じゃなさそうだけれど。

はしごの四段目《だんめ》までのぼったところで、ちょうど部屋をのぞきこめる高さになった。ヘッドライトを「弱」でつける。

これは〈ホタルの森〉でも使ったヘッドライトだ。キッチンの引き出しで見つけた。その引き出しには、古いブリキ缶《かん》がいくつも、ごちゃごちゃと入っていて、ブリキ缶《かん》の中は、針《はり》と糸、ばんそうこう、マッチの箱《はこ》、いろいろな配線なんかでいっぱいだった。オーバさんの家では、なにもかも、きっちり整理整頓《せいとん》されている。食器戸棚《しょっきとだな》の中もテーブルの上もソファのクッションもぜんぶ。でも、あの引き出しだけちがうというのは、おかしかった。オーバさんの頭の中の、ルールがあてはまらないところを、ちょっとだけのぞいた気分。

オーバさんがあたしにかくしている場所だ。あのカギをかけた秘密《ひみつ》の部屋のように。

ヘッドライトが明るすぎるせいで、窓《まど》が鏡《かがみ》になってしまった。目の前に見えるのは、棚《たな》にならんだ瓶《びん》じゃなくて、窓《まど》にうつったあたしの顔。木のうろのような目で見つめかえしている幽霊《ゆうれい》みたい。

部屋の中が見えないので、窓《まど》が開かないかためしてみた。でも、ちょっと開いただけで、すぐにつかえて、動かなくなってしまった。ゴミでもはさまっているのかな？　これは、むかしながらの上げ下げ窓《まど》だ。全体重をかけて、窓《まど》を上におしあげてみる。そのひょうしに、片足《かたあし》がズルッとすべった。はしごがぐらぐらゆれ、ひやりとする。下を見ると、たいした高さじゃない。でも、地面が砂利《じゃり》だから、落ちたら痛《いた》そう。

外に出てきたときは、ガウンを着ていても肌寒《はだざむ》かったけれど、窓《まど》を開けようとしているうちに、だんだん暑くなって、汗《あせ》をかいてきた。でも、なんとかして開けなくちゃ。あきらめるつもりはない。

あたしは、はしごから窓《まど》の枠《わく》の上に移《うつ》った。古い木の枠《わく》で、光沢《こうたく》のある白いペンキがぬられている。お菓子《かし》の家のアイシングみたいだ。はしごの上よりずっとぐらぐらするけれど、こっちのほうが、窓《まど》を開けるとき、力を入れやすいだろう。

思ったとおり、窓《まど》は、今度はかんたんに開いた。はさまっていたゴミかなにかが、雨のようにバラバラとくつに落ちてくる。あたしは、部屋の中をじっくり見るまえに、いったんはしごにもどろうと思って、足を後ろに出した。そのとたん、うっかりけとばしてしまった。はしごが、窓《まど》の下の地面にたおれる。

ガシャンッ！

金属《きんぞく》が石にぶちあたった。なにかが爆発《ばくはつ》したみたいな、すさまじい音だ。

ミシッと、二階のオーバさんのベッドがきしむ音がした。さらに、ミシミシミシミシミシッとつづく。オーバさんが階段《かいだん》をかけおりてきたのだ。

ドキンッと心臓《しんぞう》がとびはねる。

このまま窓《まど》の枠《わく》の上にいたら、見つかってしまう。でも、飛びおりたとしても、気づかれるだろう。だったら、できることをするまでだ。秘密《ひみつ》の部屋に入りこみ、できるだけ静かに窓《まど》を閉《し》めて、ヘッドライトを消す。

秘密《ひみつ》の部屋で息をひそめていると、キッチンから外に出たオーバさんが砂利《じゃり》を踏《ふ》む音が聞こえてきた。それから、はしごを起こし、壁《かべ》にキーッといわせて立てかける音。そのあとすぐ、オーバさんはキッチンにもどってきた。冷蔵庫《れいぞうこ》の横にある、秘密《ひみつ》の部屋のドアのすきまから、ぶつぶついう声が聞こえてくる。アメリに話しかけているのだ。

「心配いらないわ、アメリ。風で、はしごがたおれただけよ」

オーバさんが二階の部屋にもどり、床《ゆか》がきしむ音がした。あたしは暗闇《くらやみ》の中で百までかぞえて、オーバさんが眠《ねむ》るのを待つ。それからヘッドライトをつけ、そのそばから、つけなければよかったと後悔《こうかい》する。

秘密《ひみつ》の部屋の中のものを、どう説明したらいいのかわからない。でも、オーバさんがなぜ、あたしに見られたくなかったのかはわかった。床《ゆか》から天井《てんじょう》まで何段《なんだん》もある棚《たな》に、コルクでふたをした、いろいろな大きさの瓶《びん》がずらりとならんでいる。中には半透明《はんとうめい》の蛍光《けいこう》グリーンの液体《えきたい》が入っていて、体の一部や内臓《ないぞう》が浮《う》いている。頭や手、心臓《しんぞう》や脳《のう》みそのようなものまで……。

どの瓶《びん》にも、日付がきちんと書かれたラベルがついている。日付は一週間ごとになっていて、いちばん新しいのは、このまえの月曜日だ。オーバさんが毎週月曜日に出かけているのって、このためだったの？　この瓶《びん》に入っているなんだかわからないものを集めにいってるってこと？　ぜったいそうだ。

歯を食いしばると、ヒッと泣き声とも悲鳴ともつかない声がもれ、口を両手でおさえる。

どうしてオーバさんはここに、自分の家に、こんなものを？　この瓶《びん》の中の生き物が暗闇《くらやみ》でしのびよってきて、体じゅうをはいまわり、引っかいてくるような気がした。

秘密《ひみつ》の部屋のドアには南京錠《なんきんじょう》がかかっているので、ここから出るには、いったん外に出なければならない。あたしは窓《まど》の枠《わく》によじのぼると、綱《つな》わたりをするみたいにバランスをとった。飛びおりるのはむりだけど、枠《わく》につかまったまま、ゆっくりと体をおろしていけば、なんとかなりそうだ。

窓《まど》を閉《し》めると、ひんやりした風を吸《す》いこむように二、三回深呼吸《しんこきゅう》をして、気持ちを落ちつかせる。それから、枠《わく》にしがみついておりていき、足が地面から一、二メートルのところまで来たら、手をはなす。衝撃《しょうげき》で足がじんじんしたけれど、着地は成功。でもまだ、胸《むね》がつかえて苦しい。どんなに深呼吸《しんこきゅう》をしても、つかえがとれない。

キッチンに入ると、あたたかい空気に包まれた。ふつうならほっとするはずだ。でも今は、あの秘密《ひみつ》のドアの向こうの目玉や、胴体《どうたい》のない手足が目に焼きついてはなれない。体じゅうがガタガタふるえている。冷えきっているせいか、さっき見たもののせいか、どちらかわからないけれど。

しのび足で階段《かいだん》をあがり、部屋にもどろうとすると、トイレのドアが開いていて、そばにアメリが立っていた。アメリはひと筋《すじ》の月の光に照らされて、こそこそしているあたしをじっと見つめている。

あたしは人さし指を口にあてる。部屋のドアを閉《し》めながら、アメリに伝わるよう、ないしょだよ、と心の中でいう。

アメリは階段《かいだん》をぴょんぴょんおりて、秘密《ひみつ》のドアの前のベッドにもどっていった。

16

三匹《びき》のホタルがあらわれたのは、月曜日の朝四時をちょうどまわったときだった。この時間なら、オーバさんがぐっすり寝《ね》ていると知っていて来たのだろうか。どうしてオーバさんのことが怖《こわ》いんだろう。秘密《ひみつ》の部屋の瓶《びん》と、なにか関係があるのかな？

あと何時間かしたら、サマースクールだ。起きているのは鳥だけで、窓《まど》の外で楽しそうにさえずっている。

なんだか寝《ね》た気がしない。夜の間、ずっと胸《むね》になにかが乗っているみたいに呼吸《こきゅう》がしづらく、あらくなっていたし、目を閉《と》じるたびに、あの瓶《びん》の中身が見えたせいだ。じっと見てくる目玉や、こっちにのびてくる手。うとうとしてくると、今度は自分の体がチョウみたいに小さくなって、瓶《びん》に入れられ、永遠《えいえん》に保存《ほぞん》される夢《ゆめ》を見た。でも、もうひとりのあたしが秘密《ひみつ》の部屋の中に立っていて、瓶《びん》の中の標本みたいな自分を見つめている。蛍光《けいこう》グリーンの液体《えきたい》に浮《う》かぶ手、扇《おうぎ》のように広がる髪《かみ》、閉《と》じた目、あえぐたびにブクブク気泡《きほう》をもらす口……。

あたしはガタガタふるえだし、かくれたくて、頭から布団《ふとん》をかぶったのだった。

ホタルは、ひと晩《ばん》じゅう見はっていて、あたしが目を開け、ドアのすきまから出てくるのをじっと待っていたのかもしれない。目をさましたあたしをさそうように、一階へおり、リビングのオーバさんの書斎《しょさい》コーナーへ連れていく。机《つくえ》の横を通るとき、書類がきちんとならべられていて、その横に本が大きい順に積まれているのが見えた。

本棚《ほんだな》には大きなすきまがあいていた。オーバさんが本を何冊《さつ》かとりだして、読みおわったら、またもどすつもりなのだろう。そのすきまから枝《えだ》が何本かのびてきて、机《つくえ》のすぐ手前でとまった。枝《えだ》は、あたしのためにちょっとした椅子《いす》を作り、その両側にホタルが一匹《ぴき》、また一匹《ぴき》ととまる。あたしは足を踏《ふ》みだし、本棚《ほんだな》を背《せ》にして座《すわ》る。とたんに、枝《えだ》がするすると動きだす。あたしは本棚《ほんだな》のすきまに吸《す》いこまれていき、目の前のリビングが小さくなっていく。すきまの向こうには〈ホタルの森〉が待っている。〈ホタルの森〉は、いつもより大きかった。それとも、あたしが、いつもより深く入りこんだのだろうか。どちらか、わからない。

まえに来たときは、何時間もかけて、どうにか森の端《はし》から端《はし》までまわり、木をのこらずノックすることができた。でも今回は、そんなのむりだろう。どこを見ても木ばかりだ。森は果てしなく広がっていて、どこで終わるのかもわからない。ホタルに今日もまた同じ冒険《ぼうけん》をするよういわれたら、やりとげられずに、ここに永遠《えいえん》に閉《と》じこめられてしまう。

あたりは静かで、オーバさんの庭から聞こえてきたのと同じ鳥の歌声がする。ふいに地面がゆれ、鳥がなにかを察知したように、バタバタとはげしく羽ばたきして、飛びたった。少しおくれて、あたしも気づいた。いつものパカパカという音と、動物の鳴き声のような風のうなる音がする。

つかれているし、眠《ねむ》くて目がぼんやりしているしで、ぼやぼやしているうちに、首なし騎士《きし》が斧《おの》を手に、せまってきていた。まばたきするたびに、ぐんぐん近づいてくる。感覚が追いつかず、なにもかもがスローモーションのように見える。首なし騎士《きし》にさらわれて、ルビーがサマースクールの発表のときいっていたように、水底《みなそこ》のすみかに連れていかれちゃう？　それともまた、斧《おの》を思いきりふりおろされるの？

　でも、そうはならなかった。首なし騎士《きし》が、あたしの目の前でとまったからだ。馬のたてがみが風になびいている。

　馬は熱い息がかかるほどすぐそばにいて、肺《はい》がふくらんだりちぢんだりする音まで聞こえてきそうだ。足のつけ根は、あたしの肩《かた》より高いところにある。視線《しせん》をあげていくと、背中《せなか》はもっと高いところにあって、その上に首なし騎士《きし》がぬっとあらわれる。

　馬が頭をさげ、鼻をフンフンいわせて、あたしのガウンの、片方《かたほう》のポケットのあたりをかぎだした。ポケットの中になにか入っていて、それがほしいのかな？　手を入れ、丸くてべたべたしたものをつかんだ。液体《えきたい》がたれてもいる。アメリがかじった跡《あと》があって、まえに来たとき、ホタルが受けとらなかったリンゴだ。

　リンゴを贈《おく》り物《もの》のようにさしだすと、馬は、あたしののばした手から直接《ちょくせつ》、リンゴをむしゃむしゃ食べだした。ひげがくすぐったい。リンゴをやって、正解《せいかい》だったようだ。首なし騎士《きし》が斧《おの》をふりおろすかわりに、はじめて口をきいたからだ。

「おまえの望みをもうしてみよ、ヘイゼル・アル＝オタイビ」

首なし騎士《きし》の声が森に響《ひび》きわたる。その声は、もし顔があったら、口があるはずの場所から聞こえてくる。あたしは、あそこが目かなと思うところをじっと見あげる。

「なにか知っていますか？　カ……カギのこと」

緊張《きんちょう》して、せきばらいする。ホタルのあとを追うのは、本を読むのとにている。物語がどうなるのか、知らないのは、いつだってあたしだけ。

「われこそは、カギの番人なり」

首なし騎士《きし》が、慣《な》れきったせりふのようにいう。これまで何度もリハーサルをして、演《えん》じてきたお芝居《しばい》をしているようだ。

「スケルトンキーは、わが手にある」

「スケルトンキー？」

スケルトンって、がい骨《こつ》のことだよね？　骨《ほね》を彫《ほ》って作ったカギってこと？

もっといろいろききたいけれど、たった今、斧《おの》であたしを殺《ころ》そうとした首のない男が、答えてくれるとは思えない。

「ほしいというなら、やらんこともない。だが、ひとつ条件《じょうけん》がある」

「えっ、でも、あの――」

あたしがいいおわらないうちに、首なし騎士《きし》が話しだす。やっぱり、いつものせりふのような言い方だ。

「オオカミを見つけだし、真鍮《しんちゅう》の蹄鉄《ていてつ》を手に入れるのだ。それを持ってきたならば、カギをやろう」

あたしはわけがわからず、顔をしかめる。

「蹄鉄《ていてつ》？」見ると、馬が片方《かたほう》の前足をあげている。「ほしいのは、頭じゃないんですか？」

「ほう、なぜそう思うのだ？」

首なし騎士《きし》が、急に興味《きょうみ》を持ったようだ。おもしろがっているみたい。

「あっ、えっと……べつに。わかりました。オオカミの蹄鉄《ていてつ》を持ってきます」

よく考えずに、やくそくしてしまった。このままじゃ馬がかわいそうだし、首なし騎士《きし》を怒《おこ》らせて、手足を失いたくなかったから。でも、馬と首なし騎士《きし》が去っていき、薄暗《うすくら》がりに消えると、どうやってオオカミから蹄鉄《ていてつ》を手に入れればいいのか気になりだした。

首なし騎士《きし》は今日、あたしにようしゃなく斧《おの》をふりおろそうとしていた。でも、馬にリンゴをやったら、態度《たいど》を変えた。贈《おく》り物《もの》か……。でもリンゴはもうないし、だいたい、オオカミはリンゴを食べないいんじゃないかな？　会ったら、どんな反応《はんのう》をするんだろう？

〈ホタルの森〉からオーバさんの書斎《しょさい》コーナーに吐《は》きだされたとき、この冒険《ぼうけん》にはパターンがあることに気づいた。次に森に入ったら、オオカミが待っているはずだ。そしてあたしは、たのみごとをしなければならない。

17

「じゃあまず、ペアになってください」

授業《じゅぎょう》がはじまってから二、三時間したところで、バスラ先生がいう。

〈ホタルの森〉からもどってきてから、あたしはオーバさんの瓶《びん》についてインターネットで調べてみた。あれは標本用の瓶《びん》のようだ。百年以上前のヴィクトリア朝時代に、生き物を保存《ほぞん》するために使われていた瓶《びん》とよくにている。ヴィクトリア朝と聞いても、それほどおどろかないけれど。あたしにいわせれば、オーバさんはその時代の人でもおかしくない。家だってそんな感じだし。

あの標本は、どのくらいまえのものなんだろう？　それにオーバさんは、いったい何歳《なんさい》なんだろう?

オーバさんの白髪《しらが》まじりの髪《かみ》も顔のしわも、すごく長く生きてきたことを物語っている。でも、オーバさんが家のあちこちに飾《かざ》っている、あたしと同じ年くらいのパパといっしょにうつっている写真を見ても、今とまったく同じだ。服も髪《かみ》もなにもかも、おんなじ。

「ねえ」ルビーが机《つくえ》をあたしのほうによせる。「ペア、くむでしょ?」

あたしたちがペアをくむことは、きまりきっている。エズラとアキンはもともと友だち同士《どうし》だし、あたしとルビーは……なんていうか、なかよくなってきたと思うから。

「ぼうっとしてて、ごめんね」あたしは、あくびをする。「よく寝《ね》てなくて」

くわしく話さなくても、ルビーはしつこくきいてくるような子じゃないので、助かる。

「だいじょうぶ。わたしは、すっごくよく寝《ね》たから。それに、どれがやりたいか、もうきまってるんだ。だから……」

かまわないかな? というように肩《かた》をすくめてから、ルビーはつづける。

「もしよかったら、それにしない? すぐはじめられるよ」

「なんのこと?」

ルビーは目を丸くしてから、にやりとすると、ホワイトボードを指さす。ちょうど、バスラ先生がまた話しだした。

「おとぎ話の舞台《ぶたい》についてはこのへんにして、また次の授業《じゅぎょう》でやることにします。先週も少し話したように、今日はこれから、ちょっと登場人物について考えてみましょう。登場人物は、舞台《ぶたい》に影響《えいきょう》をあたえることがあるからです。それぞれのペアに、別々の登場人物を割《わ》りあてるわね。その登場人物に関係する言葉を〈言葉の銀行〉にくわえてちょうだい。授業《じゅぎょう》の最後に、どんな言葉が銀行にたまったか、発表してもらいます。にているものがあるかどうか見てみましょう」

「登場人物」と大きく書かれた雲のまわりに、バスラ先生がいろいろな言葉を書いていく。きれいな字。木に巻《ま》きつくつるのように、くるくると曲線を描《えが》いている。先生が書いたのは「魔女《まじょ》」、「ドラゴン」、「王子」。それから、あたしたちのほうを向いて、ほかにはどんなのがある？　ときく。

「オオカミ」あたしは、とっさにいう。「『赤ずきんちゃん』みたいに」

「それ、いいね！」

ルビーが、にっこり笑いかけてくる。その目が、あたしの両手にとまった。引《ひ》っかき傷《きず》や、すり傷《きず》だらけの手。あたしはカーディガンのそでを引っぱって、ホタルが来た証拠《しょうこ》をかくす。

「なんで王子だけなんですか？」エズラが手をあげてから、必要なかったと気づいておろす。「お姫《ひめ》さまは？」

バスラ先生は、確《たし》かに、と眉《まゆ》をあげて、ほほえむ。

「いい質問《しつもん》ね。じゃあこれは、みんなに考えてもらおうかな。王子とお姫《ひめ》さまは、どんな役割《やくわり》なのか。それは、なぜなのか……。そしてなにより、ふたりの役割《やくわり》を変えることはできるのか。王子は、いつも助ける側じゃなきゃいけない？　エズラ、アキンといっしょに王子とお姫《ひめ》さまの〈言葉の銀行〉を担当《たんとう》して、あとで発表してもらえる？」

エズラがうなずき、アキンがエズラをにらむ。

「おれ、オオカミがよかったのに――そのほうが、ぜったいおもしろいじゃん！」とぶつぶついっている。

あたしは、森で向きあうはずの本物のオオカミのことを考える。自分が物語の登場人物になってみると、オオカミがおもしろいだなんて、とても思えない。

「わたしは魔女《まじょ》がいいです」

あたしたちのペアは、どの登場人物の言葉を調べたいかバスラ先生にきかれて、ルビーがはっきりと答える。あたしもうなずく。手の傷《きず》のことをルビーがわすれてくれるといいけど。

あたしたちはすぐに、思いついた言葉を書きはじめた。バスラ先生は待っている間、前の席で読書をしている。ときどき、ルビーが持ってきたマッチャバター・ビスケットをつまむ。このクラスでは、順番でおやつを持ってくることになった。あたしが最後だ。オーバさんに手伝ってもらうつもりだったけど、今の感じだと、ちょっとたのみづらい。

「でね、わたし、もう考えてあるんだ」ルビーが、いきなりさっきの話のつづきをする。「おとぎ話には、いろんな魔女《まじょ》が出てくるでしょ?」

ほとんど息つぎもせずに例をあげていきながら、左の人さし指で右の指を一本ずつトントンしている。

ルビーの話だと、『人魚姫《にんぎょひめ》』の海の魔女《まじょ》は、人魚姫《にんぎょひめ》の声と引きかえに力をあたえ、『ラプンツェル』の魔女《まじょ》はラプンツェルを塔《とう》に閉《と》じこめ、『ヘンゼルとグレーテル』の魔女《まじょ》は、ふたりをかまどで焼いて食べるためにお菓子《かし》の家にさそいこむ。つまり共食いだ。

「えっ⁉」

めちゃくちゃショックだ。パパの『ヘンゼルとグレーテル』では、お菓子《かし》をおなかいっぱい食べて、みんななかよく、いつまでも幸せに暮《く》らしたのに。それをルビーに話す。

「そっか。でも、映画《えいが》とかじゃなくて、ほんっとのおとぎ話だと、もっとずっと怖《こわ》いよ」

オーバさんの家をお菓子《かし》の家だといったときの、パパのわくわくした顔と、瓶《びん》に入った気味の悪いものでいっぱいの、オーバさんの秘密《ひみつ》の部屋《へや》を思い出す。オーバさんも魔女《まじょ》かなにかなのかな？　でも、それならパパとママが、あたしをひとりきりでここに来させるはずがない。ぜったい、あたしをここに来させたりしないよね？

あたしをすてるつもりじゃないかぎり……。心の奥底《おくそこ》にひそむ最悪の恐《おそ》れが、はいでてきそうだ。

本当の『ヘンゼルとグレーテル』の話では、そまびと（注・山林の木を切ったり運びだしたりすることを職業《しょくぎょう》とする人）だった父親が子どもたちをやしなえなくなり、森にすてたという。それをルビーから聞きながら、パパとママのことを考える。ふたりも、なにかわけがあって、あたしをここに来させたんだろうか。

「でも」と、ルビー。

あたしは、はっとわれにかえった。ルビーが話をつづける。

「『共食い』って言葉は、〈言葉の銀行〉に入れるには、ちょっと怖《こわ》すぎるかなって思うんだけど、どう？」

「あ……うん」ちょっと気分が悪くなってきた。「そうかもしれないね」

それからもう少し、どんな言葉があるか、どれを入れるか、考える。

『呪《のろ》い』はどうかな？」ルビーがいう。「呪《のろ》いはよく使われるよ。人魚姫《にんぎょひめ》は、呪《のろ》いで声をうばわれたし」

「ラプンツェルはね」

あたしは〈ホタルの森〉からぬすんだリンゴを思い出す。

「母親のおなかにいたとき、両親が魔女《まじょ》の庭から野菜をぬすんだ罰《ばつ》として、生まれてすぐにさらわれるの……」

「罰《ばつ》か。うん、それ、いいね、ヘイゼル！」

やっと、サマースクールに慣《な》れてきた気がする。家でも、こんなふうにうまくいったらいいのに。

オーバさんが家にあの瓶《びん》を置いておくのはどうしてなのか、まだわからない。なにか秘《ひ》密《みつ》がありそうだけど。先週の金曜日の理科の授業《じゅぎょう》では、ロンドンの植物園のバーチャルツアーに参加した。チョウや熱帯の花をオンラインで見たけれど、すべてのものが巨大《きょだい》な温室の中で守られていた。自然界はこうやって観察するのが今のやり方なのに、瓶《びん》に閉《と》じこめるなんて……。

そのことと、今日ルビーから聞いた魔女《まじょ》の話をつなぎあわせて考えていると、どうしても、もしかして……と思ってしまう。

もしかして、オーバさんは本当は魔女《まじょ》なの？　だから、あの三匹《びき》のホタルは恐《おそ》れているの？　あたしもオーバさんに呪《のろ》われている？　オーバさんを恐《おそ》れなければいけない？

オーバさんが本当は魔女《まじょ》なら、いったいどんな秘密《ひみつ》があるんだろう？

18

「どんなものが、魔女《まじょ》っぽいと思う？」ルビーが質問《しつもん》する。

このあいだの授業《じゅぎょう》から二、三日後、あたしたちはオーバさんのキッチンのテーブルで、いっしょに課題に取り組んでいる。おとぎ話の発表のときに使う背景画《はいけいが》を作るのだ。

オーバさんは、のんびりなにかしながら、あたしとルビーの話を聞いている。ずっとキッチンにいて、ちょっとした音を立てている。お茶をすすったり、ナイフやフォークを片《かた》づけたり、蛇口《じゃぐち》から水を出したり。そのたびに、あたしは少しいらいらしてしまう。いつもより、ぴりぴりしているのだ。

「紅茶《こうちゃ》といっしょに、ビスケットはいかが?」

オーバさんが、あたしたちの話をさえぎって、いろいろな種類のビスケットが入っている缶《かん》をテーブルに置く。

あたしがオーバさんの秘密《ひみつ》の部屋のドアを開けたときからずっと、ふたりの間はぎくしゃくしている。それにあたしは、窓《まど》からしのびこんだときからずっと(オーバさんは、そんなことはなにも知らないけれど)、ひとりで、ものすごく気まずくなっている。オーバさんに、なんて話しかけたらいいのかわからない。なにもいわないことで、あたしたちの間に入った亀裂《きれつ》が、ますます大きくなっている気がする。ききたいことなら山ほどあるのに、ただ、どうきけばいいのかがわからないのだ。今日は、ルビーがいてくれてよかった。あたしとオーバさんの間のクッションになってくれるから。

「わあ、ありがとうございます」

ルビーが、うれしそうにバーボンビスケット(注・チョコレートクリームを長方形のココア味のビスケットではさんだお菓子《かし》）を手にとった。ビスケットをはがし、チョコレートクリームをなめてから、ビスケットをまたあわせて、紅茶《こうちゃ》にちょっとひたして食べる。紅茶《こうちゃ》に、かけらが浮《う》かんでいる。

あたしも、まねしてやってみた。

「変なの……」

チョコレートクリームがぱさぱさしていて、なんだかチョークっぽい。それに、紅茶《こうちゃ》にひたしたビスケットを飲みこむ気になれない。でも、吐《は》きだすわけにもいかなくて、かわりに舌《した》をつきだす。せめて味だけでも口の外に出したくて。

ルビーがそれを見て笑いだしたから、あたしはうれしくなる。

「はい、こっちを食べてみて」

ルビーがジャミー・ドジャーズをさしだす。これは円形のビスケットにジャムがはさんである。真ん中がハートの形にくりぬいてあって、そこから赤いジャムがのぞいている。こっちのほうが好きだな。ジャムがやわらかいし、ビスケットが口の中でとける。

「じゃあ」ルビーが手についたかけらをふいて、いう。「まず〈言葉の銀行〉を確認《かくにん》してみよう。ヘイゼルのには、どんな言葉がある？」

「えーっと」

バックパックの中でごちゃごちゃになっている紙の中から探《さが》そうとする。

「ないな、どこ行ったんだろう」

「わたしのから見てみる？」ルビーが、にこっと笑う。

「うん、おねがい！」すぐに答える。

しっかりしてよ、あたし、と心の中でつけたす。ちゃんとやれていない今の自分に、いらいらする。

いつもなら、もっときちんと準備《じゅんび》できていて、あたふたしたりしないのに。いとこたちの中でいちばん年上だから、よけいにしっかりしなくちゃと思うのだ。まえの自分にもどりたい。三匹《びき》のホタルにつきまとわれ、エネルギーをぜんぶ吸《す》いとられて、頭の中を占領《せんりょう》されるまえに。あたしの脳《のう》みそは今、中身があふれそうなカップみたいになっている。あの三匹《びき》のことと、引《ひ》っ越《こ》しのことと、オーバさんの秘密《ひみつ》の部屋のことで、いっぱいだ。

ルビーがノートをとりだした。表紙には「サマースクール」のきっちりとした文字、その下には名前が書かれている。ルビーは、パラパラとノートをめくっていく。そこには、調べた記事のコピーがはってあって、スクラップブックのようだ。あたしは必死で、その記事やメモを目で追っていく。

　ようやく、ルビーは「おとぎ話の言葉の銀行」と書かれた見開きのページを見つけた。「森」、「葉」、「暗闇《くらやみ》」といった言葉のほかに、「三」、「呪文《じゅもん》」という言葉もある。

「どうして『三』って書いたの？」

　あたしも少しは役に立たなくちゃと思って、質問《しつもん》する。

「ああ、それはね」ルビーが答える。「おとぎ話には『三の法則《ほうそく》』があてはまることが多いからなの。三回の冒険《ぼうけん》でしょ、三匹《びき》の子ブタ、三匹《びき》のクマ……」

　ルビーが例をあげつづけるそばで、あたしは三匹《びき》のホタルと、森の生き物のことを考える。首なし騎士《きし》でしょ、オオカミ……。それって、三番目がいるってこと？　ルビーがいったみたいに、クマじゃないといいけど。それとかドラゴンとか。これまでにサマースクールで習ったことをぜんぶ考えあわせると、〈ホタルの森〉は、なんだかおとぎ話のようだ。おとぎ話にはパターンや法則《ほうそく》がある……。

　あたしは〈言葉の銀行〉にくわえる言葉をルビーにいう。

「教訓――。おとぎ話には、教訓があるでしょ。ラプンツェルがさらわれたのもそう。ぬすみについて教訓をあたえるため」

ホタルが、あたしにしているのと同じだ。

ルビーはうなずいて、「教訓」と書きいれる。

「わたしたちのおとぎ話では、どんな教訓にする？」

「うーん……あとできめない？」

あたし自身の教訓はなんなのか、知りたい。ホタルのいいなりになっているとはいえ、あの三匹《びき》が正しいとはどうしても思えない。

「背景画《はいけいが》を作りおわってからとか」

ルビーがうなずく。

「そうだね。教訓は、ほかの物語のを使うんじゃなく、できれば自分たちで考えたいな」

ゆっくりとだけど、今取り組んでいる課題がつかめてきたようだ。わかるようになるまで、少し時間がかかってしまったけれど。あたしは、ここのみんなとはちがう話を聞いて、大きくなったから。

「その最後に書いてある『呪文《じゅもん》』だけど」あたしはいう。「魔女《まじょ》が呪文《じゅもん》をとなえることはみんな知ってるけど、どんな呪文《じゅもん》がいいのかな？」

「わたし、映画《えいが》とかで魔女《まじょ》が呪文《じゅもん》をとなえるシーンが、けっこう好きなんだよね」ルビーがいう。「韻《いん》を踏《ふ》んだ短いせりふを考えて、それを呪文《じゅもん》として使おうか？」

「そうだね……」

ちょっと考えてみる。今、ホタルに冒険《ぼうけん》をさせられているのは、もとはといえば、あたしがリンゴをぬすんだからだ。〈ホタルの森〉に呪文《じゅもん》は出てこないかもしれないな。

「『まじない』はどう？　〈言葉の銀行〉に」オーバさんが、また話をさえぎる。

「いいですね！」

ルビーが顔を輝《かがや》かせて、書きたす。

「うん、この言葉、ほんとにいい。このまえの授業《じゅぎょう》で〈言葉の銀行〉に入れた、『呪《のろ》い』ともあうし」

「自然魔術《まじゅつ》と関係があるのよ」オーバさんがつづける。「呪《のろ》いも、まじないも」

オーバさんはリンゴをうすくスライスして、砂糖《さとう》とシナモンとまぜてから、パイ生地《きじ》の上にのせていく。

あたしがオーバさんのすいすい動く手をながめていると、ルビーがオーバさんを質問攻《しつもんぜ》めにした。

「自然魔術《まじゅつ》ってなんですか？」

「自然界とかかわる魔術《まじゅつ》よ。庭の薬草なんかを使うの」

オーバさんはパイをオーブンに入れる。

「そうだわ、庭から葉や花をとってきて、あなたたちの背景画《はいけいが》に使ったらどうかしら？よければだけど」

あたしは、オーバさんの秘密《ひみつ》の部屋をのぞいているところを見られてから、庭に入っていない。でも、また行きたくてたまらない。もっといろんな虫を見つけて記録したいし、花のことも知りたい。だから、ルビーとあたしは大賛成《だいさんせい》した。


五分後、あたしたちは窓《まど》のそばでオーバさんの話を聞いている。秘密《ひみつ》の部屋にしのびこんだとき、落ちそうになったあの窓《まど》だ。

「ジャスミンの種を最初にくれたのは、母だったわ」

説明するオーバさんに、あたしとルビーはジャスミンの花をつんで、わたす。

「でも、この花はもともと、あなたの側の世界から伝わったのよ。おもしろいわよね。海をわたってきて」オーバさんが、ちらりとあたしを見る。「今もこうして、ここにいる。あなたのようにね」

やさしくしようと、がんばってくれているのだろう。でも、どうしても疑《うたが》ってしまう。本当はあたしをこの家に住まわせたことを後悔《こうかい》しているんじゃないのかなって。パパは、あの秘密《ひみつ》の部屋を見たことがあるんだろうか？　もしかしたら、パパが住んでいたころには、なかったのかもしれない。どっちにしろ、オーバさんのさっきの言葉では、あたしたちの心の距離《きょり》はちぢまらない。それどころか、広がったかも。ときどき、あたしたちは昼と夜みたいに正反対だと感じることがある。共通点が、ひとつも見つからない。

「花を一本とっておいて」オーバさんが、そっとつむ。「背景画《はいけいが》に花びらを散りばめたらどうかしら？」

それから、オーバさんは庭の木戸を開ける。あたしたちはありとあらゆる枝《えだ》や葉、花を集める。つたの葉、シャクヤクの花、バラのとげ。オーバさんはやさしくて親切で、まえとまったく同じだ。もしかしたら、あたしがオーバさんを見る目は、きびしすぎたのかもしれない。きっと、なにも恐《おそ》れる必要なんてないんだ。あたしはただ知りたいだけ。あの瓶《びん》に入っているものはなんなのか。どうして、カギをかけた部屋にかくしておくのか。

「待って!!」

とつぜん、ルビーがいう。進もうとしていたあたしは、片足《かたあし》をあげたまま立ちどまる。

「なに？」びっくりしてきく。

でも、ルビーはこっちを見ずに、しゃがみこんで、あたしの靴《くつ》の下をのぞきこむ。

「カタツムリ！」

ルビーがひろいあげて、あたしの目の高さまで持ってくる。カタツムリは、渦巻《うずまき》の白い殻《から》の中にすっかりかくれてしまっている。

「ヘイゼル、もう少しで踏《ふ》むところだったよ」

「よく見つけたわね、ルビー」オーバさんがいう。「カタツムリを踏《ふ》むと、悪いことがあるのよ。特にカタツムリにとってはね！　でも見つけると、いいことがあるの」

「ほんと？」あたしはきく。

オーバさんがうなずく。

「わたしの知っている庭いじりが好きな人は、たいていナメクジやカタツムリをひどくいやがるわ。どちらも、どんな植物でも食べてしまうから。でもわたしは、庭いじりで大切なのは、自然と調和した暮《く》らしを学ぶことだと思うの。それから、庭はわたしたちのものではなく、ここにすむすべての生き物のものだと気づくこと」

カタツムリについて、あたしはひとつだけ知っていることがある。「route（道筋《みちすじ》）」という群れの呼《よ》び方《かた》だ。それをオーバさんとルビーに教えると、よろこんでくれた。

ルビーがカタツムリを花壇《かだん》にそっと置き、あたしたちはまた先に進む。オーバさんがいろいろな草花を見せてくれている間（まえに見せてもらったものもある）、あたしは、うっかりなにか踏《ふ》んづけたりしないように、今度はちゃんと注意する。ここにすむすべての生き物を大切にしなくちゃね。

たくさんの知識《ちしき》でルビーを夢中《むちゅう》にさせているオーバさんを、少しさがったところからながめる。なんて生き生きした顔をしているんだろう。

「ヘイゼル！」

オーバさんが大きめのささやき声で呼《よ》んだ。こっちこっちと手をふりながら、もう一方の手でシャクヤクをさす。

「ほら、見える？」

「テントウムシ！」

赤い体に、七つの点と六本の足。すっごくきれい。

「赤いテントウムシには必ず七つの点があるのよ。知っていた？」と、オーバさん。「テントウムシも幸運の印よ。もし自分にとまったときには、ねがいごとをして、このマザーグースの歌をうたうの」

テントウムシ、テントウムシ、飛んで帰れ

うちが火事だよ、子どもらにげたよ

「ほかにも、この庭には幸運の印が、うんとたくさんあるの。よく見てみると、見つかるわよ。わたしは、幸運というものを心から信じているの。それを味方につけて、ほかの人にもとどけたいと思っているわ」

「本物の魔女《まじょ》みたい」ルビーがいう。

あたしはおどろいて、ルビーを見る。でもルビーは、いい意味でいったらしい。

「そのとおり」

オーバさんがいう。ルビーにいわれたことをよろこんでいるようだ。多くの魔女《まじょ》は実際《じっさい》には病気やけがの人の治療《ちりょう》をしていて、薬草を使ってみんなを救《すく》っていたのだとオーバさんが教えてくれる。

「誤解《ごかい》されることが多いのよね。わたしのように、年をとっていて、結婚《けっこん》していない女の人というのは。でも、型《かた》にはまっていないからといって、悪い人だということにはならないでしょ。すばらしい人が型《かた》にはまっていないこともある。わたしはそう思うわ」

オーバさんの言葉には、どこか、魂《たましい》に入りこんでくるようなところがあった。体の内側からあたためてくれるなにかが。ここに引《ひ》っ越《こ》してきて、あたしは、みんなとちがうってことが不安でたまらなかった。英語のなまりとか、見た目とか。それに、ホタルのせいでいつも、自分は変だ、おかしいと思わされた。生き物の群れの呼《よ》び方《かた》を調べることと虫が好きだなんて、変わっているとも思っていた。でも、こういうことがぜんぶあわさって、世界にたったひとりのあたしを作りあげているのかもしれない。

「ねえ、ヘイゼル、テントウムシの群れはなんていうの?」

なんでも知っているルビーに質問《しつもん》されるなんて、うれしいな。

「『loveliness(美しさ)』だよ」

満面の笑《え》みで答える。特にすてきな呼《よ》び方《かた》のひとつだと思うけど、そう呼《よ》ばれている理由が、テントウムシを間近で見て、よくわかった。

ちょうどそのとき、テントウムシが飛びたった。ほかのだれかに幸運をとどけにいくように。

キッチンにもどると、ルビーとあたしは集めてきたものをぜんぶ、背景画《はいけいが》にはりつけはじめた。やっているうちに、ふと、すごくいいことを思いついた。

「迷路《めいろ》みたいにしてみたらどうかな？」あたしはいう。「真ん中になにか描《か》くの。たとえば……たとえば、リンゴとか」

でも、それじゃまるで、ホタルにさせられている冒険《ぼうけん》みたいだと気づく。あの三匹《びき》がいると最悪な気分になるけれど、たまにはいいアイデアがひらめくこともあるのかも……。

「それ最高！」ルビーがいう。「そうだ、物語にも迷路《めいろ》を登場させない？」

インターネットで迷路《めいろ》を探《さが》して、書きうつしてから、そのまわりに花や葉をはりつける。ルビーはこの作業があまり得意《とくい》じゃないらしく、接着剤《せっちゃくざい》で指と指をくっつけてしまったり、葉や花をやぶいてしまったりしている。だから今度は、あたしがルビーに教える番で、ちゃんと役に立てた。

あたしは迷路《めいろ》を見ていて、庭のカタツムリと、それが小道にのこしていったねばねばした跡《あと》を思い出した。もし本当にリンゴのおかげで、首なし騎士《きし》に襲《おそ》われずにすんだのだとしたら、オオカミに立ちむかうときも、きっと、なにか幸運のお守りのようなものが必要になるだろう。

「まあ、芸術《げいじゅつ》作品ね！」完成した背景画《はいけいが》を見て、オーバさんが感心したようにいう。「ふたりともがんばったから、アップルパイをめしあがれ」

パイののったトレイをテーブルに置く。まだオーブンの熱がのこっていてあたたかく、湯気が立っている。

アップルパイ……。あたしはまた思い出す。『白雪姫《しらゆきひめ》』の毒《どく》リンゴのこと。ヘンゼルとグレーテルに食べ物をあげた、お菓子《かし》の家の魔女《まじょ》のこと。あたしが〈ホタルの森〉からぬすんで、アメリがかじったリンゴのこと。

「わたし、オーバさんが好きだな」

ルビーが、カスタードソースをかけたひと切れをうれしそうに受けとりながら、あたしにささやく。

オーバさんには、あたしがまだ知らない物語があるのかな？　カギをかけた秘密《ひみつ》の部屋に、おかしな瓶《びん》をたくさん置いている。でも、ホタルはオーバさんをいやがっているようだ。それって、ぜったいにいいことだよね？　オーバさんは〈ホタルの森〉となにか関係があるんだろうか？　なんらかの形で、あの森の物語に織《お》りこまれているとか？　オーバさんとルビーが庭で話していたように、みんなは魔女《まじょ》を誤解《ごかい》している。もしかしたらあたしも、同じことをオーバさんにしていたのかもしれない。

オーバさんのアップルパイはおいしかった。口に入れると、生地《きじ》がほろっとくずれ、あまさと刺激的《しげきてき》な酸《す》っぱさがとけあって、じゅわっと広がる。飲みこむと、おなかがあったかくなる。こうやって新しい友だちといっしょに食べたり、課題に取り組んだりしていると、ホタルにさせられている冒険《ぼうけん》のことも、持ってこいといわれたもののことも、ほんのつかのまだけれど、わすれてしまう。

19

今週の月曜日のおやつ当番は、アキンだ。大きな買い物袋《ぶくろ》をさげて教室に入ってきたアキンを、みんなでとりかこむ。袋《ふくろ》の中には、高く積みかさねた容器《ようき》が入っている。

「ポフポフを持ってきたんだ」

アフリカでよく食べられている揚《あ》げパンだそうだ。まだ食べたことがない人のために、アキンが説明してくれた。

「うわあ、うれしい！　ありがとう、アキン」

バスラ先生が声をあげる。あたしたちのだれよりもうれしそう。

その言葉に、ポフポフの容器《ようき》を机《つくえ》にならべていたアキンの顔が、ぱっと赤くなる。

「おばさん、ポフポフ作ってくれた？」

あとから来たエズラは、入ってくるなり、アキンにきいた。机《つくえ》の上を見て「よっしゃ！」とさけび、奇跡《きせき》だといわんばかりに両手をあげる。それからルビーとあたしを見て、アキンのお母さんは料理がとびきりじょうずなんだ、という。

「まあね。エズラのとこは、あったためればいいだけのやつだもんな」

アキンがいって、エズラがケラケラ笑う。

「そうそう。だから、お泊《と》まり会はぜったいアキンの家で」

あたしたちがちょっとおしゃべりをしている間に、バスラ先生は自分の作業スペースの準備《じゅんび》をすませる。あたしは、ふいに、胸《むね》が不思議とあったかくなった。新学期から同じクラスになる人たちをもう、三人知っている。この四人全員が、バスラ先生のクラスになることがきまっているのだ！　そうなるように先生がなにかしたのかどうか、それはわからないけれど、おかげで、夏休みが明けたら新しい学校がはじまるのが、ちょっとだけ怖《こわ》くなくなった。

あたしは、こっちでの毎日に、だいぶ慣《な》れた。それでも日々、おどろかされることはある。みんなそれぞれ、ぜんぜんちがうなまりがあって、なにをいっているのかよくわからないことがあることとか、ここの人は、どこへでも歩いていくこととか。クウェートでは、みんな車で行くのに。

「わたしたちのお泊《と》まり会では、オーバさんのアップルパイを食べないとね」

ルビーがこそこそいう。お泊《と》まり会か……おもしろそう。そうだ、あたしがおやつ当番のときは、アップルパイを自分で作ればいいんだ！

少しすると、バスラ先生が、教室の前のほうの机《つくえ》をわきへどかすようにいった。背景画《はいけいが》を置くための、ちょっとしたステージを作るという。先生はイーゼルをとりだした。このあと、ペアで前のステージに立って、背景画《はいけいが》と、そのもとになっているアイデアについて、二、三分で発表するよう説明する。

今日は発表のあと、のこりの時間はなんでも好きなことをして過《す》ごしていいことになっている。サマースクールを半分終えたお祝いだ。エズラがそのためにゲーム機と、いくつかコントローラーを持ってきているので、先生は、あとでセットして、対戦していいという。

「お昼にはピザを注文したわよ！」バスラ先生がいう。「だから、ポフポフはデザートにとっておきましょう」

エズラとアキンが先に発表することになった。急に緊張《きんちょう》した顔になる。ふたりは背景画《はいけいが》を前のステージに持っていき、どんなテーマで作ったのか発表する。王子とお城《しろ》がテーマの背景画《はいけいが》には、古いお城《しろ》の写真のコピーがたくさんはられている。エズラとアキンは、有名なおとぎ話で使われている、いろいろな救出《きゅうしゅつ》作戦についても話した。

発表が終わると、バスラ先生とルビーとあたしは拍手《はくしゅ》をした。

「前回、登場人物の割《わ》りあてのとき」先生はペンを口にくわえて、質問《しつもん》を考える。「お姫《ひめ》さまは？　ときいたわよね。背景画《はいけいが》を作るために調べ物をしてみて、お姫《ひめ》さまについてはどんなことがわかった？」

アキンがエズラを見る。「いいだしっぺなんだから、おまえが答えてくれよな」というように、眉《まゆ》をあげている。

エズラは、ちょっともごもごしている。明らかに、この質問《しつもん》をされるとは思っていなかったみたい。たぶん、ふたりのリハーサルにはふくまれていなかったのだろう。あたしも準《じゅん》備《び》していないことを答えなければならなくなったらどうしようと思ったら、急に緊張《きんちょう》してきた。ルビーが、きれいな筆記体できっちりとせりふを書いてくれたから、そのとおりにやることになってるのに……。

「あの……えっと……」

エズラは真っ赤になっている。

「あせらなくてだいじょうぶよ」バスラ先生が、やさしくいう。「ゆっくり考えてちょうだい」

エズラは深呼吸《しんこきゅう》をして、一拍《ぱく》置くと、話しだした。だれにも目の焦点《しょうてん》をあわせていない。

「えっと、王子がお姫《ひめ》さまを助けるおとぎ話はたくさんあって、なんだろう、一、二回ならそれでもいいとは思うけど、毎回毎回そうだと、ちょっとたいくつかなって思いました」

バスラ先生がうなずく。正直な意見に、笑いそうなのをぎりぎりでがまんしている感じ。

「じゃあ、自分でおとぎ話を書くとしたら、あなたはどうすると思う？」

エズラは、もうそれほど緊張《きんちょう》していないみたいで、すぐに答える。

「えっと……たぶん、逆《ぎゃく》にすると思います」

とたんにアキンが顔をしかめて、エズラを見る。

「っていうか、そもそもなんで王子とお姫《ひめ》さまなんだよ？　なにか別のじゃだめなの？」

エズラは、とまどっているみたい。「たとえば？」ときく。

アキンは肩《かた》をすくめる。

「それは、おれにもわかんないけどさ。たとえば、『アベンジャーズ』とか？　おとぎ話じゃないけど」

これには、ルビーがクスクス笑ってしまう。

「いいじゃない、すばらしいアイデアだと思うわよ！」

バスラ先生が、はげますようにいう。

「みんな、調べ物はもう十分にしたから、次はいよいよ、ペアでおとぎ話を書いてもらいます。でも、エズラとアキンがさっきしてみせたように、自分たちなりのひねりをくわえること」

そういって、あたしとルビーを見る。

「おとぎ話は、もとの資料《しりょう》としてはすばらしいけれど、最初に書かれたときから時代は変わったわ。だからみんなには、とにかく興味《きょうみ》のあることを中心にして、物語を書いてほしいの。スーパーヒーローでも動物でも車でもなんでもいいから……」

先生は説明をつづけ、ルビーはそれをサマースクールのノートにメモしている。あたしは、自分の物語のことをどうしても考えてしまう。あたしが登場人物をやっている物語だ。気づいたら、この物語を人に話したいと思いはじめていた。秘密《ひみつ》みたいにかくすんじゃなく……。

いよいよ、あたしとルビーが発表する番だ。頭のてっぺんから指の先まで、体じゅうの神経《しんけい》が、炭酸《たんさん》飲料みたいにパチパチいっている。さっき、エズラとアキンがどんな気持ちだったか、今ならわかる。ふれたら、ビリッと電気が流れただろう。

あたしは呼吸《こきゅう》もあらくなってきた。でも、これは緊張《きんちょう》のせいじゃないと思う。このところ、ずっとこんな感じだから。毎朝、目をさましたときに胸《むね》が重くて、息をすると、少しゼーゼー、ヒューヒュー音がする。理科の授業《じゅぎょう》で校庭を歩きまわっているときや、オーバさんの庭に長くいたあとは、それがひどくなるのだ。

ルビーが背景画《はいけいが》を慎重《しんちょう》に前に運ぶ。あたしはあとについていきながら、たくさん息を吸《す》おうとする。そうすれば、楽になるような気がして。

ステージに立って、みんなのほうを向くと、アキンとエズラはあたしじゃなく、背景画《はいけいが》を見ていた。すごくいいと思ってくれているみたい。紙の上の森は生きていて、呼吸《こきゅう》をしているようだ。たっぷりあしらった花や葉や枝《えだ》でこんもりしていて、その間をぬうように迷路《めいろ》が走っている。

このまえ、ルビーが帰ったあと、あたしは夜、小さな石をひろいあつめて、それもはりつけた。迷路《めいろ》が本物の道に見えるように。そうしたら、もっといろいろしたくなってきて、森じゅうにカタツムリとテントウムシを、迷路《めいろ》のちょうど真ん中には池を描《か》きたした。あとから、ルビーがいやがったらどうしようと心配になった。でも、今日見せたら、ルビーはすごくよろこんで、中学校がはじまったら「学年でいちばんのアーティスト」になれるよ、といってくれた。

それを思い出し、アキンとエズラの感心したような顔も見て、緊張《きんちょう》が少しとけた。とはいえ、手のひらはまだ汗《あせ》でぬれているから、せりふが書かれたカードをしっかりにぎる。

「わたしたちのテーマは、魔女《まじょ》です」

ルビーがはじめる。大きくて、はっきりとした声だ。

「〈言葉の銀行〉を分析《ぶんせき》した結果、『まじない』という言葉に注目しました。おとぎ話には、まじないがたくさん出てきます。たとえば『白雪姫《しらゆきひめ》』では……」

ルビーが例をあげている間、あたしは自分が話す番を待つ。

ルビーがだまったら、あたしの番だ。

「あ、あだじ」

カエルの鳴き声みたいな声が出てしまい、あわててせきばらいをする。

「あたしたちは絵を描《か》くかわりに……」

ひと呼吸《こきゅう》置いて、カードのせりふをしっかり見る。

「庭で、いろいろな薬草や花をたくさん集めて、おとぎ話の魔女《まじょ》が使ったかもしれない材料の例を示《しめ》すことにしました」

自分のせりふをいいおえて、深呼吸《しんこきゅう》をしたけれど、顔が熱いし、胸《むね》がぎゅっとなっている。

ルビーが、ジャスミン、ラベンダー、バラの花びらといった材料と、その効《き》き目《め》をあげていく。

また、あたしの番。

「多くの魔女《まじょ》の家はふつう、巨大《きょだい》な森の真ん中にあります。木にかくれていて、かんたんには見つかりません。そこであたしたちは、迷路《めいろ》を描《か》いて、そのまわりを葉っぱで囲《かこ》むことにしました。だれかここに来て、迷路《めいろ》に挑戦《ちょうせん》してみたい人はいませんか？」

一瞬《いっしゅん》、アキンとエズラが見つめあってから、ふたりとも手をあげる。

あたしは、にこっと笑う。よかったぁ。

「とてもすばらしいアイデアね」バスラ先生がいう。「よくできました。はい、では、アキンとエズラのどちらかを選んだら不公平になってしまうので……わたしが挑戦《ちょうせん》させてもらいます！　迷路《めいろ》が大好きなの」

結局、アキンとエズラも前に出てきて、先生が真ん中のゴールに到着《とうちゃく》できるよう手伝った。先生がゴールに来ると、みんなで、やったーっ！　ともりあがった。ふいに、あたしの緊張《きんちょう》はどこかへ行ってしまった。ただただほっとして、ほこらしい。

「さて」

バスラ先生が、またまじめな顔にもどっていう。

「ルビー、ヘイゼル、ふたりとも本当にすばらしい発表をしてくれました。特に迷路《めいろ》はよかったわ。だから質問《しつもん》はしません。でも、物語を書くときに、ぜひ考えてほしいことがあるの。まず、魔女《まじょ》はおとぎ話の中で、どう描《えが》かれているか。そして、それを変えるとしたら、どんなふうに変えられるか。難《むずか》しいわよね。でも、ふたりならきっとできる。物語の中に、少しでいいから、あなたたちらしさを入れてみて」

発表が終わり、サマースクールの前半終了《しゅうりょう》おつかれさまパーティがはじまった。あたしはバスラ先生にいわれたことを考えてみる。

〈ホタルの森〉に、目の前で展開《てんかい》されていく物語に、あたしはどっぷりつかっている。でも、人生でも森でもまるきり同じように、自分以外のだれか――パパとママ、あの三匹《びき》のホタル――にきめられた道をたどっているだけのような気がする。本当に、それを変えられるのかな？　先生がいったように、あたしらしさを入れることができるんだろうか？

できるかもしれない――心の奥底《おくそこ》で、静かだけれど自信に満ちた声がする。冒険《ぼうけん》のときに危険《きけん》から守ってくれる〈ホタルの森〉の木を思い出した。

20

今あたしは、〈ホタルの森〉にいる。このあいだ来たときとはちがう場所だ。

一分前、オーバさんの庭で、幸運のお守りにカタツムリの殻《から》を探《さが》していた。それから、見つけたものを手のひらで包んで、木戸から庭を出たら、そこはオーバさんの家ではなく、森だった。

これまでに来た場所とくらべて、ここの木の枝《えだ》は太く、一本一本が顔やうでを引っかき、服や髪《かみ》をつかんでくる。根の下のほうから、ゴロゴロと低く大きな音が聞こえてくる。いつものやさしい感じとはちがって、今日は猫《ねこ》のうなり声のようだ。それが、警告音《けいこくおん》のようにあたりに響《ひび》きわたる。

ホタルは、森のどこか奥深《おくふか》くに消えてしまった。あたしをここに連れてくると、やるべきことをやらせるために、置いていった。まずは、オオカミを見つけださないと。

それにしても、やけに地面がやわらかい。どうやら、ここは沼地《ぬまち》のようだ。ガウンと室内履《しつないば》きじゃなく、ちゃんと普段着《ふだんぎ》で、靴《くつ》をはいているときに来られてよかった。

しつこくまとわりついてくる枝《えだ》をどうにか引きはなしたけれど、あれは、あたしを引きとめようとしていたのかも。来た道を引きかえせってことだったのかもしれない。

足元で、木の鼓動《こどう》を感じる。急ぎ足で進むあたしの歩く速度よりもはやく、ドクドクいっている。でも木は、ホタルのように話しかけてはこない。わかるのは、木の不安や心配があたりにただよっているということだけだ。そよ風に吹《ふ》かれる、タンポポの綿毛《わたげ》のように。

少し歩くと、あたしはつまずいて、地面に目が行った。ヘッドライトの光に、とても大きな足跡《あしあと》が浮《う》かびあがる。犬の足跡《あしあと》のようだけど、それよりずっと大きい。あたしの両足を入れても、まだあまるくらい。オオカミのところに行くには、この道でいいみたい。

カタツムリの殻《から》を手に、巨大《きょだい》な足跡《あしあと》をたどっていく。ここへ来る直前に殻《から》を見つけられてよかった。歩きながら、ヘンゼルとグレーテルとパンくずのことを思い出す。この道を行けば、パパが話してくれたような結末にたどりつけるのかな。みんな、いつまでも幸せに暮《く》らせるの？　それとも、この物語は、あたしを丸のみしておしまい？

すぐに、パカパカという今ではおなじみのひづめの音が右から聞こえてきた。首なし騎《き》士《し》がいる。この森の、あたしがはじめて来る、見知らぬ場所に。でも今日は、近づいてこない。たぶん、自分が必要としているものをあたしが手に入れるまでは、よってこないのだろう。少なくとも、あたしがそれを手に入れるまで、傷《きず》つけてくることはない。

この森にはここだけのきまりがあるってことに、あたしは気づいている。それにもう、気まぐれで案内するホタルだけをたよりに、地図もなく進んでいるわけじゃない。こうやって、自分で道を見つけはじめた。

歩きに歩いて、何時間もたったように思えたころ、とうとう、いくつもの岩がひとかたまりになっている場所にたどりついた。その裏《うら》にかくれて、つたで入り口がおおわれた洞《ほら》穴《あな》がある。ずっとつづいていたオオカミの足跡《あしあと》は、その前でぷつりととだえている。ってことは、中にいるにちがいない。

ここまで来て、こおりついてしまった。洞穴《ほらあな》の入り口のあたりを、ハエがブンブン飛びまわっている。骨《ほね》だけになった死骸《しがい》をとりかこんでいるのだ。あたしは、ゆっくりとではあるけれど、足を動かし、近づいていく。すえたにおいをかがないように、あの入り口の向こうにひそむ邪悪《じゃあく》なものをとりこまないようにと、必死になる。

「道にまよったのか?」

ささやき声がした。どこから聞こえてきたのかわからず、あたりを見まわす。すぐ前の岩のてっぺんに目をやったときだ。ふたつの目が、ぎらぎらと冷たい光をはなっているのに気づいた。ホタルと同じ目だ。その目は、茶色がかった灰色《はいいろ》の、おそろしく巨大《きょだい》な体についている。

オオカミ……。首なし騎士《きし》がいっていたのは、きっと、あのオオカミだ。こっちを見すえたまま、岩から岩へと飛びおりて、ぐんぐんせまってくる。

あたしは動こうとしているのに、足が地面にくっついて、動いてくれない。ぬかるみのせい？　それとも恐怖《きょうふ》のせい？　体がミツバチの巣箱《すばこ》みたいに混乱状態《こんらんじょうたい》。熱くて冷たくて、わけがわからない。もう手足の感覚もない。操《あやつ》り人形にでもなった気分。たおれそうなのに、ささえてくれる人はだれもいない。

オオカミが、どんどん近づいてくる。ぬかるみを、グチャグチャ音を立ててやってくる。あたしは、カタツムリの殻《から》をにぎる手に力をこめる。でも割《わ》らないようにしなくちゃ。

口を開いて、たのみごとをしようとするのに、おしころしたような声しか出てこない。のどをしめつけられているようだ。

「よろしい」

あたしの沈黙《ちんもく》に返事をするみたいに、オオカミがいう。

「昼めしには、おとなしくしていてもらいたいからな」

あたしの呼吸《こきゅう》はゼーゼー、ヒューヒューとあらくなってきて、いつものように、胸《むね》に鋭《するど》い痛《いた》みが走る。

間近で見ると、四本足で立ったオオカミがどれほど大きいか、いやというほどわかった。あの馬といっしょで、足のつけ根があたしの肩《かた》より高いところにある。毛は、つんとくる、すえたにおい。くさった、死のにおいだ。

「あたし――」

たのみごとをして、オオカミの気をそらしたかった。でも、オオカミがさえぎる。

「その手の中のものは、なんだ？」

確《たし》かに言葉を話しているのに、口は動いていない。本物にしか見えない腹話術《ふくわじゅつ》の人形に、飢《う》えた目でじっとにらまれているみたいだ。

あたしが手を開くと、カタツムリの殻《から》がきらりと輝《かがや》いた。オオカミが、すっと顔色を変える。首なし騎士《きし》のように、贈《おく》り物《もの》によろこんではいない。怒《おこ》っているようだ。それにたぶん、少しおびえている。

オオカミがのどをふるわせ、低く太いうなり声をあげる。そして、また話しだした。

「よくもおれさまに、こんなものを」

「あ、あの、そんなつもりじゃ――」

「うせろ！」オオカミがうなる。「とっとと行け！　次に会ったら、命はないと思え」

あたしは、体じゅうがガタガタふるえだした。どういうこと？　たのみごとをしなければいけないのに。蹄鉄《ていてつ》をもらわないといけないのに。でも、オオカミは首なし騎士《きし》とはちがう。あたしがいおうとした言葉にぱっとかみついて、クチャクチャ食べてしまう。そのせいで、あたしはいいたいことが、のどにつかえて出てこない。それに、たとえどんな贈《おく》り物《もの》をしても、その目に浮《う》かぶ憎《にく》しみの表情《ひょうじょう》をやわらげることはできないだろう。

それとも、あれは恐《おそ》れ？

機能停止《きのうていし》していたあたしの足が、ようやく動きはじめた。でも、ふらふらしてしまう。一歩、あとずさりする。オオカミは追いかけてこようとしない。というか、あたしに近づくことができないようだ。カタツムリと関係があるのかな？　見つけるといいことがあるってオーバさんがいってたし。それか、もしかしたら、オーバさんの庭にあったものだから？　ホタルが恐《おそ》れている人のものだから？　どっちにしろ、カタツムリが救《すく》ってくれたみたい。

あたしは、もう一歩、あとずさりする。オオカミは、その場をはなれない。見えない壁《かべ》にじゃまされているように、うろうろしているだけだ。三歩目で、あたしは沼地《ぬまち》のなにかかたいものにつまずいた。木の根かもしれない。そのひょうしに、カタツムリの殻《から》が手から転がりおちて、ぬかるみに消えてしまった。

オオカミが、賞品《しょうひん》を獲得《かくとく》したみたいに目を見開く。あたしは、まっすぐ立った。泥《どろ》だらけだ。

「とんだへまをしたものだな」

オオカミのあごから、よだれがたれている。

「心配するな。すぐにすむ……」

一瞬《いっしゅん》の時が流れたあと、あたしの中のなにかが、生まれつきそなわっているなにかが、ご先祖《せんぞ》さまから何百年にもわたって受けつがれてきたなにかが、命令する。

にげろ！

ぬかるみをかけぬける。バシャバシャ泥《どろ》をはねちらし、すべって転ばないよう神経《しんけい》をとがらせて。すぐ後ろで、猛然《もうぜん》と追ってくるオオカミの足音が聞こえ、首の後ろに熱い息を感じる。

思うように呼吸《こきゅう》ができない。胸《むね》がどんどん苦しくなってきた。何本もの針《はり》でさされているように痛《いた》い。今この瞬間《しゅんかん》にも、オオカミが飛びかかってきて、あたしをひとのみにするかもしれない……。

どうにかこうにか、ブラックベリーの茂《しげ》みにたどりついたとき、キャーンとオオカミの悲鳴が聞こえた。

思いきってふりかえると、木が、とげにおおわれた高い壁《かべ》を作りあげていた。オオカミは、こえることができない。これではっきりした。今日、あたしが森に来たとき、木がしつこくまとわりついて、じゃましてきたのは、オオカミを見つけにいってはいけないと、あたしを引きとめるため。危険《きけん》から守ろうとしていたんだ。

オオカミがこれ以上近づいてこられないとわかっていても、あたしは走りつづける。オーバさんの庭に帰り、階段《かいだん》をかけあがって、部屋ににげこむ。

ようやく落ちついて、体がまたあたたまり、ふるえがとまると、階段《かいだん》のいちばん下から上まで泥《どろ》の足跡《あしあと》がついていることに気づいた。オーバさんがぐっすり寝《ね》ている間に、あたしは夜中までかかって、足跡《あしあと》をきれいにふきとった。それをたどって、オオカミが家まで追ってこられないように。

21

昨夜は失敗してしまった。

でも、あきらめない。カギを手に入れなくちゃ。それしかないんだ。あたしは、まだパパとママと電話で話せていない。それに、ふたりからのメールは短くなってきて、来る回数も減《へ》っている。きっとこれは、ホタルがあたしに罰《ばつ》をあたえるためにしていることだ。なんといっても、オオカミとのことがあったから。

カギを手に入れるためには、もう一度オオカミと会って、蹄鉄《ていてつ》をもらわなければならない。そうしないと、首なし騎士《きし》はカギをわたしてくれないだろう。カタツムリの殻《から》は、あたしを守ってくれるようだから、まずはそれを見つけたほうがいいかもしれない。呪《のろ》いとたたかうには、幸運がほんの少し必要だ。いや、たくさん必要だ。カタツムリの殻《から》はひとつだけじゃなく、いくつも見つけよう。殻《から》でオオカミのまわりをぐるりと囲《かこ》んで、あたしのいうことを聞かせるんだ。

それから何日かは、ゆっくりと、なにごともなく過《す》ぎていった。空がどんよりとくもっているせいで、なにもかもがぱっとせず、ゆううつで、けだるい感じだ。おまけに、まだ夏だというのに、家の中が肌寒《はだざむ》い。二、三日、雨が降《ふ》ったりやんだりの天気がつづいていたるため、そこらじゅうが、なんとなくカビくさい。

今日は、オーバさんは雨で庭に出られないので、机《つくえ》で仕事をしている。あたしはサマースクールが休みなので、同じ部屋のほんの少しはなれた場所に座《すわ》って、テレビをつけたまま美術《びじゅつ》の練習帳に絵を描《か》いている。

あたしは、三つの授業《じゅぎょう》の課題がぜんぶ、うまくつながるようにした。理科用にいろいろな虫や葉を見つけて、美術《びじゅつ》用にその絵を描《か》く。それから、見つけたものの性質《せいしつ》をそれぞれ調べて、おとぎ話に使えそうな情報《じょうほう》をルビーにくわしく伝える。

オーバさんは、たとえ「まわりでオーケストラが演奏《えんそう》していても」集中できるタイプらしく、あたしがいても気にしない。このまえ、ルビーが来て、三人でいっしょに庭をまわってから、いろいろなことがちょっとよくなった。でもまだ、オーバさんの秘密《ひみつ》の部屋にあるものがなんなのかは、わかっていない。これまでに二回、きいてみようとしたけれど、どっちのときも話題を変えられてしまった。

あの瓶《びん》のことは、もう怖《こわ》くない。だって、あれが理由で、ホタルはオーバさんを恐《おそ》れているはずだから。いったいなにがあったのか？　なぜ恐《おそ》れているのか？　それがわかれば、ホタルが永遠《えいえん》に来ないようにすることができるかもしれない。でも三匹《びき》を追いはらうのは、この最後の冒険《ぼうけん》をやりとげて、心の奥底《おくそこ》にひそむ最悪《さいあく》の恐《おそ》れが現実《げんじつ》になるのを食いとめてからだ。

今は、テレビの音をＢＧＭに、〈ホタルの森〉の木を描《か》いている。赤茶色の毛に、長くてねじれた枝《えだ》。じっくり時間をかけて、一本ずつ集中して描《か》く。目立たないところも、でこぼこも、傷跡《きずあと》も、ひとつひとつ、ていねいに。絵を描《か》いていると、なんだか落ちつく。

アメリは、あたしのとなりに座《すわ》っている。ふるえていて、いつもより落ちつきがないみたい。どうしたのかな？　とオーバさんにきいてみる。

「ウサギは天気の変化を感じとることができるのよ」オーバさんが答える。「大きな嵐《あらし》が来るまえは、だいたい森ににげて、かくれるの」

それを聞いて、ん？　と眉根《まゆね》をよせる。森に？　あたしの知っているかぎり、近くに森はない。このあたりは土地が平らで、野原と畑ばかりだ。だったら、アメリは〈ホタルの森〉にかくれるしかないってこと？　リンゴを持ちだしたり、カタツムリの殻《から》を持ちこんだりできるくらいだから、きっとアメリもあの森に入れるにちがいない。

雨はちょっとゆううつだけど、ひとついいことがある。カタツムリを連れてきてくれることだ。今日はこのあと、学校の真向かいの野原でルビーと会って、カタツムリの殻探《からさが》しをすることになっている。ルビーが、うんというとは思っていなかった。でも、つきあってくれたら、かわりに、ルビーがホッケーの練習をするとき、ゴールキーパーをやるよといったら、オーケーしてくれたのは、おかしかった。

サマースクールのスポーツの授業《じゅぎょう》は、ほかとくらべて、もうしこんだ子がずっと多かった。あたしはこれまで、スポーツをちゃんとしたことが一度もないので、選ばなかった。でも、それでよかったと思っている。だって、ほとんどずっと雨が降《ふ》っているから。美術《びじゅつ》の授業《じゅぎょう》中、外のルビーを見るたびに、泥《どろ》まみれで、にーっと笑って、ホッケーのスティックをふってくる。

あたしはルビーに会いにいくとちゅうで、カタツムリの殻《から》をひとつ見つけた。宝石《ほうせき》のようにきらめいて、語りかけてくるようなところがあって、持っていると安心する。これがあれば、あぶない目にあうはずがないと思えてくる。

すぐに、野原で手をふるルビーが見えてきた。レインコートに長靴《ながぐつ》というかっこうだ。

「それで、ひとつ、ききわすれたんだけど」会うなり、ルビーは話しだす。「そもそも、どうしてカタツムリの殻《から》を集めてるの？」

一瞬《いっしゅん》、理科の授業《じゅぎょう》のためだとごまかしたくなった。でも、そろそろ本当のことをルビーに話してもだいじょうぶかもしれない。それを確《たし》かめるために、少しずつ反応《はんのう》を見ていくことにする。カタツムリの殻《から》を持っていれば、あぶない目にあうはずがないって思えるからなんだ、と答える。おどろいたことに、ルビーは、にーっと笑った。

「ヘイゼルの魔法《まほう》のタリスマンってことか」

「タリスマンって、聞いたことがある」オマルといっしょにやった、いろいろなビデオゲームに、タリスマンというアイテムが出てきた。使ったことはないけれど。「それって、なんなの？　どんな力があるの？」

「タリスマンっていうのは、幸運のお守り。悪いことを追いはらって、いいことを呼《よ》んでくれるの……っていうか、これ、おとぎ話に使えるかも。めちゃくちゃいいアイデアだよ」

ルビーの話を聞きながら、このまえホタルがあらわれてから、何日たったのか気づいた。三日だ。

いつもなら、ホタルが来ると必ず、両手に引《ひ》っかき傷《きず》ができるのに、今日は、それが見つからない。こんなことは、はじめてだ。でも、そう思ったのとほぼ同時に、あの三匹《びき》が目の前にあらわれた。シャッ、シャッ、シャッ、シャッと引っかこうとする。ルビーは、もちろん気づいていないけれど。あたしは、シャツのそでを引っぱって、手をかくす。

今、森へ行くわけにはいかない。だってまだ、この秘密《ひみつ》をルビーに話せてないし。でもそもそも、かくす必要なんてある？　もしかしたら今が、ルビーに打ちあけるチャンスなのかもしれない。さっきだって、あたしがどうしてカタツムリの殻《から》がほしいのか、理由をわかってくれたし……。

「だいじょうぶ？」

ルビーが、あたしを見つめている。心配そうな顔。あたしがずっと、そでに手をかくしていることに、たぶん気づいてる。今、ちゃんと話したほうがいい。ごまかしたりしたら、そっちのほうが不自然だと思われるだろう。

「あたし――」ため息をひとつつく。「話したいことがあるの」

ルビーが、くちびるをぎゅっと結んで、あたしに全神経《ぜんしんけい》を集中させる。カタツムリの殻《から》探《さが》しは、ここでおしまい。見つかったのは、あたしの手の中にある、たったひとつだけ。

「ホタルがいるんだけどね……」早口で話そうとした。

三匹《びき》が顔のまわりを飛びながら、服を引っぱってくる。一匹《ぴき》がポニーテールの中に入りこんだ。首をはげしくふって、シュシュをはずしたくてたまらない。でも、そんなことをしたって、すべてをルビーに説明できるわけじゃない。

「いつも、とつぜんあらわれることが多いの。あとは、あたしがストレスを感じているときとかに。それで、今もここにいるの」

ルビーが顔をしかめて、その目で確《たし》かめようとするみたいに、あたりを見まわす。ほかの人には見えないの、とあたしは説明する。アメリは別だけど。動物は人間よりずっと感覚がすぐれているからだろう。〈ホタルの森〉と、そこにひそむ化け物のことも、ぜんぶ話す。その間に、ルビーの眉間《みけん》のしわがどんどん、どんどん、どんどん深くなっていく。

「その……〈ホタルの森〉って、夢《ゆめ》の話……ってことね？」ルビーが、確認《かくにん》というより質《しつ》問《もん》のように、語尾《ごび》をあげていう。「現実《げんじつ》の話じゃなくて。わたし、どっちかわからなくなっちゃった」

ホタルがシャッ、シャッ、シャッと引っかきはじめた。あたしは、そでを引っぱって手をかくし、やめさせようとする。でも、そでの中にも入りこまれてしまい、うでがちくちくする。

「ちがう」あたしは、きっぱりいう。「現実《げんじつ》の話だよ」

ルビーが目をみはった。よかった、わかってくれたみたい。

「わたし――」

ルビーが後ろを見る。もしかして、にげだしたい？

「わたし、わからない……」

ずんと心がしずみこむ。だよね、わからないよね……。

「カタツムリの殻《から》！」

あたしは、あきらめずに、いう。カタツムリの殻《から》をいっしょに探《さが》してもらったのも、それがホタルの世界と関係しているからだって説明しようとする。

「さっきルビーが、カタツムリの殻《から》は魔法《まほう》のタリスマンだっていったでしょ？　幸運のお守りだって。あたしにはそれが必要なの。ぜんぶ、うまくいくように。首なし騎士《きし》がいて、蹄鉄《ていてつ》をあげないといけないんだけど、その蹄鉄《ていてつ》はオオカミにもらわないといけないの。でも、それにはまず、あたしがカタツムリの殻《から》に守ってもらわないと」

なにいってるんだろう、あたし。これじゃ、ルビーが混乱《こんらん》するのもあたりまえだ。こんなわけのわからないこと、あの森へ行って、あたしと同じことを体験しないかぎり、わかるわけがない。

ルビーのあたしを信じる心が、遠くへ、遠くへと、はなれていくのがわかる。ふたりの間の距離《きょり》も広がっていくようだ。

地面から枝《えだ》がのびてきて、あたしにもルビーにもこえられない、とげにおおわれた壁《かべ》を作っていく。その間も、ホタルはシャッ、シャッ、シャッと引っかいてくる。

頭上で雷鳴《らいめい》がとどろいた。まるで、あたしたちの気持ちを感じとったみたいに。

「帰ろう」

ルビーがいう。いつもとちがって、傷《きず》ついた動物に話しかけるような声。

こんなの、いやだ。あたしには、ここに引《ひ》っ越《こ》してきてから、大好きなことがいくつかできた。ひとつは、ルビーと友だちになれたこと。なのに、それをたった今、めちゃめちゃにこわしてしまった気分だ。ホタルは、ますますひどく引っかいてくる。シャッ、シャッ、シャッ。両手がひりひりして、おなかがきゅーっと痛《いた》くなる。

「すぐ雨になるよ。よかったら、うちに来ない？」と、ルビー。

「あたし――」

ホタルを追いかけなくちゃっていいたい。でも、ルビーにはわからない。だから「行かなくちゃ」といって、背《せ》を向け、オーバさんの家へ走りだす。といっても、いつもの道や小麦畑は消えている。かわりに、野原の端《はし》に低木《ていぼく》の茂《しげ》みがあらわれた。目の前を、三匹《びき》がすーっと飛んでいく。

「ヘイゼル！」

ルビーの呼《よ》ぶ声がする。

「ヘイゼル！」

もう一度。

でも、三回目は風にかき消されてしまった。

それから、なにもかもがぼんやりしてきた。野原がどこで終わって、〈ホタルの森〉がどこからはじまるのか、わからない。ふたつがまじりあって、ひとつの世界のようになる。あたしのたったひとつの世界になる。すると、ささやき声が聞こえてきた。

「おかえり。おかえり。おかえり」

そのときになって、たいへんなことに気づいた。急いでいたせいで、カタツムリの殻《から》を野原に落としてきてしまったのだ。これから、お守りなしで〈ホタルの森〉に入っていかなければならない……。

22

今日の森は雨が降《ふ》っていて、オオカミの足跡《あしあと》が消えてしまっている。

でも、洞穴《ほらあな》のほうからただよってくる、すえた死のにおいをたよりに、枝《えだ》やブラックベリーの茂《しげ》みをぬけて、オオカミのいる場所へ向かう。木は、とめようとしない。じゃまされずに道を進めるのはうれしいけど、たくさんあぶない目にあわせちゃったから、怒《おこ》ってるのかな？　たぶん、あたしのことがもういやになって、守りたくなくなったんだ。

この冒険《ぼうけん》がつづけばつづくほど、あたしは、なにもかもうんざりしてきた。きっと木も、同じなのだろう。

そのうちに、巨大《きょだい》な化石のような、おかしな岩が見えてきた。渦巻模様《うずまきもよう》が彫《ほ》られているみたいだけど……。巨大《きょだい》なカタツムリの殻《から》だ！　オオカミの洞穴《ほらあな》のすぐ外にある。

近づいてみると、あたしのカタツムリの殻《から》だとわかった。このまえ落としてしまったやつだ。模様《もよう》でわかる。それに、あのときとまったくおんなじ場所にある。ただし、この森のほかのもの——木やオオカミ、ホタル——と同じように、すごく大きくなっている。殻《から》には、ちょうどあたしが通れるくらいの小さな口が開いている。どうすればいいか、もうわかった。

中にもぐりこんで、せまいスペースで体を丸める。この殻《から》ごとぬかるみを進むには、どうしたらいいんだろう？　と思ったそのとき、オオカミの足音がした。

「かしこいな」

オオカミがいう。その声は、とても落ちついている。

「やるじゃないか。もどってくるとは、感心なことだ」

よし、いちかばちかだ。あたしは、たのみごとを口にする。

「蹄鉄《ていてつ》をもらいにきました。あなたが持ってるって、首なし騎士《きし》がいってました」

沈黙《ちんもく》。カタツムリの殻《から》の口からそっとのぞくと、オオカミがしっぽをシュッシュッとふっている。

「いいだろう。蹄鉄《ていてつ》は、くれてやる」と、オオカミ。「ただし、魔女《まじょ》のハグストーンと引きかえだ」

ハグストーンってなに……？

気持ちがしずんでいく。三匹《びき》のホタルがあたしにさせているのは、まるで借り物競走のお使いだ。だれかにいわれたものを、ひたすらとってこなければならない。しかもその借り物は、手に入れるのがどんどん、どんどん難《むずか》しくなってきている。でももし、これが本当におとぎ話といっしょなら、「三の法則《ほうそく》」があてはまるはず。だとしたら、会いにいくのは魔女《まじょ》で最後だ……。

「その魔女《まじょ》ってだれですか?」時間をむだにしたくない。「どこにいるんですか?」

オオカミが、かすれたせきみたいな声で笑う。ゼーゼー、ヒューヒューいうあたしの呼《こ》吸《きゅう》みたいだ。呼吸《こきゅう》は、日に日にあらくなってきている。

「そうあせるな、ヘイゼル・アル＝オタイビ。おまえはまだ、カギも手に入れていないではないか。急がばまわれというだろう。あわてて失敗して、おまえの心の奥底《おくそこ》にひそむ最悪の恐《おそ》れが、現実《げんじつ》になってもいいのか? 今は帰れ。次に呼《よ》ばれるときを待つがいい」

その言葉に、背筋《せすじ》がこおる。オオカミは、あたしの冒険《ぼうけん》の目的を知っている。つまり、首なし騎士《きし》も魔女《まじょ》も知っているってことだ。魔女《まじょ》がハグストーンをくれなかったら、どうしよう。だいたい、ハグストーンがなにかもわからないし。とにかく、もう、オーバさんの秘密《ひみつ》のドアにかまっている場合じゃない。今から、冒険《ぼうけん》をやりとげることだけに集中しよう。ホタルをとめるには、それしかない。

あたしは、無事に〈ホタルの森〉の入り口までもどってこられた。野原を歩いているうちに、森の木が消えていく。あたりは暗く、ルビーはいない。

帰り道に、心にちかう。ちゃんと次の冒険《ぼうけん》にそなえよう。次は魔女《まじょ》と会うんだから。

23

あたしは森に、ひとりでいた。息づかいのあらい生き物が、そっとあとをつけてくる。

ぬき足、さし足、しのび足。ここは、むしむししていて暑く、息苦しい。

あたしは立ちどまる。

生き物も立ちどまる。

あたしはふりむく。

オオカミだ。暗闇《くらやみ》に光る牙《きば》から、血をしたたらせている。姿勢《しせい》を低くし、うなりだす。

あたしは、ますます息苦しくなる。

オオカミがぱっと飛びかかってきて、あたしを地面におしたおす。その重みが胸《むね》にのしかかり、うまく息ができない。呼吸《こきゅう》が短く、あさくなる。前足が、ぐっと食いこむ。胸《むね》に鋭《するど》い痛《いた》みが走った。

はっと目をさますと、あたしはベッドの上にいた。背《せ》もたれに、よりかかる。背中《せなか》が汗《あせ》ぐっしょりで、息があさい。夢《ゆめ》を見ていたんだと気づく。ただの夢《ゆめ》。だったらどうして、まだ息ができないままなの？

「オ、オーバさん」

息を切らして、呼《よ》ぼうとする。あの耳ざわりな呼吸《こきゅう》の音は、オオカミのじゃなく、あたしのだったんだ。大きく息を吸《す》いこもうとすると、胸《むね》をさすような痛《いた》みが襲《おそ》う。オオカミが、かぎ爪《づめ》を食《く》いこませたようだ。あたしは、ベッドからはいでた。そのひょうしに、洋服ダンスにぶつかる。ぶつかったところがひりひりして、顔がかっと熱くなる。

それでもまだ、息ができない。オオカミが胸《むね》の上に乗っているみたい。なんとか息をしたくて、パジャマの首元を引っぱる。

「オーバさん！」

怖《こわ》くて、さけぶ。さっき見た恐《おそ》ろしい夢《ゆめ》の世界が、現実《げんじつ》の世界とまじりあってしまった。

「た、助けて」

「ヘイゼル？」

やっと、ささやき声がした。見あげると、ドアのところにオーバさんが立っている。白いネグリジェを着ていて、幽霊《ゆうれい》みたい。髪《かみ》はいつもどおり、きちんとまとめられている。

廊下《ろうか》の照明を背《せ》にしたオーバさんは、あたしのことがよく見えてないみたいに目を細める。

「あたし――」

呼吸《こきゅう》が、どんどんあさくなってきている。

「息ができないの！」とさけぶ。

あたしがあのドアの向こうの瓶《びん》を見つけたときも、オーバさんは、ちょうど今みたいな顔をしていた。そうか、あれは怒《おこ》ってたわけじゃない。そうじゃなくて、恐《おそ》れてたんだ。

「だいじょうぶよ、ヘイゼル」オーバさんが落ちつかせるようにいう。「息をしようとすると、胸《むね》にナイフがささっているような感じがするの？」

「うん」あたしは、しゃくりあげる。「息が――」

「だいじょうぶよ、ヘイゼル」オーバさんがくりかえす。「あまり話さないようにしなさい。あなたは、ぜんそくの発作《ほっさ》を起こしているの」

オーバさんは、病院へ行きましょう、という。そうすれば、すぐによくなるから、と。その目が、暗闇《くらやみ》できらきらしている。

「とにかく今は、息をすることに集中しなさい」

そうしたくても、できない。おぼれかけているみたいなのだ。胸《むね》に重いものがのっているみたい。呼吸《こきゅう》は、するたびにあさくなっていく。パニックになって、涙《なみだ》が出てきた。

オーバさんが、あたしを下に連れていき、足を靴《くつ》にすべりこませ、上着をさっとつかむ。あたしの上着と靴《くつ》も手にとると、車の後部座席《ざせき》にあたしを乗せてシートベルトをしめ、月明かりに照らされた道を走りだした。

病院までは車で二十分。でも、その二十分が永遠《えいえん》のようだ。急いで通りすぎるあたしたちを、木がじっと見はっている。あたしを深《ふか》いところへ引きずりこもうと、枝《えだ》をのばしてくる。頭の中で、木が枝《えだ》を動かして、墓穴《はかあな》をほりだした。あたしはそこに入れられた。ほおは、とげに引っかかれて傷《きず》だらけだ。木が、ゆっくりと泥《どろ》をかぶせてきた。泥《どろ》がのどに入りこみ、ゼーッと必死で息を吸《す》う。それが、最後の呼吸《こきゅう》となった。

あたしは、もう一度生まれてくるのだろうか？　それとも、この体は根となって、夜に血を流して泣きさけぶ木をもっと育てるの？

でもそのとき、思い出した。木は、あたしの友だちだ。それに今、病院に向かっているところだし、病院へ行けば、すぐによくなるってオーバさんがいった。

病院は、深夜だというのに混《こ》んでいた。照明が、ありえないほど明るい。病院に来たし、ここのにおいもかいだけれど、それだけで、すぐによくなったりはしなかった。呼吸《こきゅう》が苦しくてたまらない。

入ってすぐ、オーバさんは手をあげて看護師《かんごし》さんを呼《よ》びとめた。その人は急いでいるようだったけれど、あたしを見ると、やさしい顔をした。うなずいて、一分だけ待ってというように人さし指をあげる。でも、あと一分ももつとは思えない。一秒が永遠《えいえん》に感じられるっていうのに。

オーバさんが、救急外来《きゅうきゅう》用の青いプラスチックの椅子《いす》に、あたしを座《すわ》らせる。となりに、せきをして泣いている赤ちゃんがいて、向《む》かいの席《せき》には、鼻《はな》に血のついたティッシュをつめていて、シャツにも血がポタポタたれた跡《あと》のあるティーンエイジャーがいる。その子たちと、一瞬《いっしゅん》、目があった。あたしは、どんなふうに見えているんだろう？ くちびるが青く、顔色も悪く、目を見開き、おびえている十二歳《さい》かな。

さっきの看護師《かんごし》さんがそばに来て、いらっしゃいという。なにもかもが、ぼんやりとしている。カーテンで仕切られた場所に連れてこられ、筒《つつ》に息を吹《ふ》きこむようにいわれる。脈《みゃく》拍《はく》や呼吸《こきゅう》などのバイタルサインを測定《そくてい》され、体を起こした状態《じょうたい》でベッドに座《すわ》らされる。でもあたしは、つかれている。あまりにへとへとで、眠気《ねむけ》に負けてしまいたい。オオカミに負けてしまいたい。

顔に透明《とうめい》なプラスチックのマスクをつけられると、冷たいガスが口に入りこんできた。シューッという音が聞こえる。看護師《かんごし》さんが、ガスを吸《す》いこむようにという。

最初の呼吸《こきゅう》は、これまでと同じで、あさく、痛《いた》い。

次は、少し楽になった。オオカミが胸《むね》から前足《まえあし》をどけたみたい。

一分もすると、肺《はい》がゴロゴロ、ゼーゼーいわなくなった。息ができる。やっと息ができる……。

それから、あっというまに眠《ねむ》りに落ちた。

オオカミは消えた。

もうだいじょうぶ。

少なくとも今は。

24

「聞こえる?」あたしはきく。

いらいらしちゃだめ、いらいらしちゃだめ。

入院一日目、オーバさんがママとパパに電話をしてくれた。でも、病院の中は電波がとどきにくく、ふたりの声がとぎれとぎれにしか聞こえない。パパとママのいっていることが、ぶちぶちとぎれる。

きっと、ホタルの仕業《しわざ》だ。まだ冒険《ぼうけん》は終わってないぞっていいたいのだろう。最初は、カギを手に入れればおしまいだと思っていた。でも、手に入れなければならないものがどんどん増えて、冒険《ぼうけん》が複雑《ふくざつ》になってきている。カギ、蹄鉄《ていてつ》、ハグストーン。いつ終わるんだろう?

「三の法則《ほうそく》」だよ、と自分にいいきかせる。もし〈ホタルの森〉がおとぎ話と同じなら、魔女《まじょ》で最後。きっと、そのはず。これまで森で起きたすべてのことが、そうだって示《しめ》してる。

ママが「おじさ……置いたんだけ……あとで」といったあと、くぐもった笑い声がした。

「な、なんていったの? ごめん――」と聞きかえしたとき、回線が急に正常《せいじょう》にもどって、ママのいったことが倍速再生《ばいそくさいせい》みたいに聞こえた。ママの弟が荷作りを手伝ってくれたときに、うっかりドアをふさいでしまって、ママが入れなくなったという話だった。

「そうなんだ！　さっき、聞きまちが……ハハッ、おかしいね」

「ヘイゼル？」

あたしが話しているとちゅうで、ママが話しだす。ぜんぜんかみあわない。おたがいの話を、わざとじゃないけれど、さえぎってばかり。相手の言葉が聞きとれず、ぐるぐる同じ話をくりかえしている。

結局、どちらもだまりこんでしまい、気まずい時間が少し流れる。

「それで」ちょっとしてから、パパがいう。「サマースクールはどう？」

会話の最初の十分は、パパとママが、あたしのぜんそくと具合についてきいてきた。酸《さん》素吸入《そきゅうにゅう》と新しい薬のおかげで、ふつうに呼吸《こきゅう》できるようになった。胸《むね》の重たい感じも、ほとんど消えた。念のために、何日か入院するようにいわれたけれど。あたしが入院のことやぜんそくのことをぜんぶ説明したとき、ママもパパも、しゅんとしてしまった。そばにいられないことを悪いと思ったんだろう。でもパパは、あたしがオーバさんはすごくいい人だっていうと、うれしそうだった。

作文の授業《じゅぎょう》でやっているおとぎ話のことをあれこれ話したり、美術《びじゅつ》で描《か》いた絵の写真を送ったり、理科で見つけた虫や植物について説明したりしたい。オーバさんに手伝ってもらって、ルビーといっしょに作った背景画《はいけいが》も見せたい。パパとママは、ほこらしいと思ってくれるだろう。でもふたりとも、ルビーがだれなのかも知らない。まして、このまえ会ったとき、どんなに気まずくなってしまったかなんて、わかるわけがない。話したいことは山ほどあるのに、それを話すには、電話の電波が悪すぎる。

「今、物語を書いてるんだけど……」

「今、もものあたりをかいてる？　やだ、じんましんかなにかじゃないわよね？」

あたしの言葉をくりかえそうとしたママが、心配げにいう。

「ちがう！　モ、ノ、ガ、タ、リ、を書いてるの」あたしは、いらいらしていう。「ちゃんと聞いてる？」

ママがため息をつく。

「ああ、困《こま》ったわね。なにをいっているのか聞こえないわ。ねえ、聞こえる？」と、パパにいう。

「聞こえたような……あ、ちがった、玄関《げんかん》のチャイムだ。そろそろ出かけないと――」

「ちょっと待ってよ。まだ――」あたしはいう。

ママとパパが、あたしぬきで話しだす。ママは今日が仕事に行く最後の日で、そのまえにいろいろやらなければならないことがあるらしく、その話をしている。

「もしもし？　もしもーしっ！」

あたしはいらいらして、声が大きくなる。ほかの子たちが、こっちをじっと見ているけれど、かまわない。

やっと、ママが電話にもどってきた。

「もしもし？　お待たせ、ハビブティ（注・アラビア語で「いとしい子」の意）。ちょっと大おばさんにかわってくれる？　お医者さまにいわれたことをきちんと聞きたいの。あなたが本当にだいじょうぶなのか、確認《かくにん》しておきたいのよ」

「でも、まだ――」

「ヘイゼルおばさん？」

パパがいう。もう電話をかわったと思っているんだ。

「ちょっと待ってて」

あたしは、いらいらをぐっとこらえて、オーバさんに電話をわたす。ベッドの端《はし》に腰《こし》かけていたオーバさんは、電話を受けとると、電波の状況《じょうきょう》がいい場所を探《さが》して、病室を出ていった。

具合なら、ちゃんと説明したのに。でも、たったの十二歳《さい》というだけで、なぜか、ママとパパは信じていない。ぜんそくの発作《ほっさ》を起こしたのは、このあたしなのに。今の具合についてくわしい専門家《せんもんか》がいるとしたら、それはあたしだ。でも、おとなって、子どものいうことをぜったいに信じてくれないよね？

ぜんそくのことは、その日の朝、先生から説明を受けていた。あたしは、気候の異《こと》なるところへ引《ひ》っ越《こ》してきたことがきっかけで、ぜんそくになったんだろうといわれた（呼吸《こきゅう》の問題を引きおこす、肺《はい》の病気だ）。

「こっちのほうが、湿度《しつど》が高いですからね」と、先生。「それに最近の雨のせいで、以前は浴びることのなかった種類の花粉《かふん》を浴びたんでしょう。それでとつぜん、発作《ほっさ》を起こしたんですよ」

「わたしの庭のせいです」

オーバさんはいった。すごくもうしわけなさそうな顔をしていた。

「でもあたしは、あの庭が大好きなのに！」はっきりといった。「あの家で、すごく気に入っているところなの」

自分の気持ちをオーバさんに伝えたことで、あたしが秘密《ひみつ》の部屋をのぞいたときに、ふたりの間に入ったひびが、ほんの少し、もとにもどりはじめたようだった。

「こちらの気候に慣《な》れたら、なおるんでしょうか？」

オーバさんは、あたしの肩《かた》にやさしく手を置きながら、たずねた。

「ざんねんながら、この病気がなおることはありません」先生はいった。「ただ、成長とともに、よくなるでしょう。それまでは、毎日、吸入器《きゅうにゅうき》を使って、症状《しょうじょう》をおさえる必要があります」

病気か……。まえにホタルのことを相談した先生も、いってたな。ホタルがあらわれるのは、強迫性障害《きょうはくせいしょうがい》という病気が原因《げんいん》だって。

オーバさんは、パパたちとの電話をすぐに終えて、病室にもどってきた。看護師《かんごし》さんもいっしょだ。ワゴンに、バイタルチェックと酸素吸入《さんそきゅうにゅう》の道具がのっている。これは四時間おきにすることになっている。夜中でも同じだ。

「はーい、またこの時間ですよ」看護師《かんごし》さんが明るい声でいう。「でも終わったら、ごほうびがあるからね」

容器《ようき》に入ったチョコレートプディング（注・小麦粉《こむぎこ》、バター、牛乳《ぎゅうにゅう》、砂糖《さとう》、卵《たまご》、ココアパウダーなどをまぜて蒸《む》した、ケーキのようなお菓子《かし》）をかかげて見せてから、ベッドのわきのテーブルに置く。

肺《はい》に、また酸素《さんそ》がたっぷり送りこまれる。シューッという音を聞いて、オオカミの言葉を思い出す。魔女《まじょ》をさがして、ハグストーンを手に入れなくちゃ。そうすれば、パパとママと、またちゃんと話せるようになる。ホタルは本気だ。それがわかったからには、冒険《ぼうけん》をやりとげないと。もしできなければ、心の奥底《おくそこ》にひそむ最悪の恐《おそ》れを、あの三匹《びき》が現実《げんじつ》にしてしまう。

25

入院して何日かすると、病院にいるのにあきてきた。今のところ、休んだ授業《じゅぎょう》は理科の一回だけで、それはむしろ、出られなくてよかったと思っている。というのも、あたしの謎《なぞ》の種は豆苗《とうみょう》だとわかったけれど、もう枯《か》れかけているし、欠席した日の授業《じゅぎょう》では、それぞれの種がどのくらい育っているか、くらべることになっていたから。でも、オマルとのゲームも何回か休んでいて、それはちょっとストレスだ。

小児科《しょうにか》の病室は楽しい。壁《かべ》にそってベッドがならんでいて、それぞれのベッドがカーテンで仕切られている。

午前中あたしは、シリアルの朝食のあと、看護師《かんごし》さんたちとボードゲームをする。となりの、よちよち歩きの女の子が、あげる、とレゴを置いていくので、そのたびにあたしは、ベッドのわきのテーブルの上に積んでいた。とうとうテーブルがレゴでいっぱいになり、女の子はレゴがぜんぶなくなってしまったので、今は、その子が寝《ね》ている間に、こっそりもどしてあげている。

向かい側には、足の手術《しゅじゅつ》を受けたばかりのティーンエイジャーの男の子がいる。あまり話さない子で、さそってもボードゲームにくわわらない。でも、あたしたちが遊んでいるのをじっと見ているから、本当はいっしょにやりたいんだと思う。

三匹《びき》のホタルのことは、あまり考えないようにしているけれど、病院にいるとひまなので、つい考えてしまう。今もまだ、首の後ろにオオカミの息を感じるし、首なし騎士《きし》の斧《おの》が木の幹《みき》にささったときのバキバキッという音が聞こえる。魔女《まじょ》は、いったいなにをしてくるのだろう？　オーバさんの秘密《ひみつ》の部屋が頭をよぎり、瓶《びん》に閉《と》じこめられたあたしの手足を思いうかべる。

でも、そんなふうに考えるなんてよくない。魔女《まじょ》は病気やけがの人を救《すく》っていたと、オーバさんはいっていた。オーバさんも、ぜんそくで息ができなかったあたしを助けてくれた。

考えてみれば、悪いのは、このあたしだ。だから、パパとママはあたしをひとりでここによこしたのかもしれない。それにあたしは、オーバさんの生活をめちゃくちゃにした。友だちのルビーを怖《こわ》がらせたのも、あたし。ルビーは、もう口をきいてくれないだろう。今までずっと、なにかあると、ぜんぶホタルのせいにしてきた。でも問題なのは、あたしのほうだとしたら？　あたしのせいで、悪いことが起きるんだとしたら？　どんなにたくさん幸運のお守りを持っていても、むだだ。あたしがいれば、また〈ホタルの森〉で恐《おそ》ろしいことが起きるだろう。

先生から、一週間以内に退院《たいいん》できるといわれた。それまでは病院で、呼吸《こきゅう》に問題がないか定期的にみてもらい、昼も夜も酸素《さんそ》吸入《きゅうにゅう》をつづける。あたしの体に空気を入れる機械は音がとてもうるさく、夜中に使うと、ほかの子たちが目をさましてしまう。起こしちゃって悪いなと思う。あたしはこれからもずっと、いちいち、悪いな、悪いな、悪いなと思って生きていくのかな……。

「あなたに、お客さんよ」大好きな看護師《かんごし》のアマンダさんがいった。

月曜日の午後のことだ——作文の授業《じゅぎょう》も出られなかった。お客さんと聞いて、オーバさんが、いつもの用事をすませて、来てくれたのかと思った。でもルビーだったので、おどろいた。

「あの、こんにちは」

アマンダさんの後ろから、ルビーがぎこちなく手をふる。あたしがなにかいうまで、そばによったらいけないと思っているようだ。

あたしは体を起こすと、急にあれこれ気になりだした。「アナと雪の女王」のパジャマだし、髪《かみ》はぼさぼさだし、枕《まくら》の砦《とりで》の中だし……。

「あ、うん」と返事をする。「こんにちは」

ルビーが一歩前に出る。ビニール袋《ぶくろ》を両手でにぎりしめている。なんとなく、あたしにわたそうとしているみたいなので、ちらっと見る。

「えっと、あのね……」

ルビーが話しだす。そわそわしているみたい。

「このあいだは、あんな態度《たいど》をとってしまって、ほんとに、ほんとに、ほんっとにごめんなさい」

不安げに目を見開いている。

「ただ、びっくりしただけなの。でもあのあと、お母さんに相談してみたんだ……」

最悪の恐《おそ》れが現実《げんじつ》になってしまうと思うと、心がしずんでいく。だれだって、あたしを変だと思うだろう。枕《まくら》の砦《とりで》に引っこんで、ちぢこまり、永遠《えいえん》にかくれていたい。

「ちがう、ちがう！」

あたしの表情《ひょうじょう》を読んだように、ルビーがいう。

「そうじゃないよ、心配しないで。お母さんに相談して、よくわかったっていいたかったの。友だちなら、ちゃんと話を聞いてあげなさいっていわれたよ。目に見えるものがすべてとはかぎらないのよって。それに、しかられちゃった。あんまり思いやりのある行動だったとはいえないから、きっと日本語の名前をわすれちゃったのねって」

しずみきった胸《むね》の重りが、少し持ちあがる。

「ほんと？　ほんとに、そういったの？」

ルビーが、大きく、しっかりとうなずく。

「うちのお母さん、こういうことにはすごくきびしいの。それに、ヘイゼルがいってたこと、お母さんにはわかるって。理由は話してくれなかったけど。それはないしょよって、いわれちゃった。とにかくね、あやまろうと思って、これ持ってきたの。わたしがいるから、だいじょうぶっていいたくて。必要なものがあれば、なんでもいってね。だって……あのね、まだ友だちになったばっかりだってわかってるけど、でも、わたし、今までなかなか友だちができなくて。だれもわたしをわかってくれないって思っちゃうんだよね。でも、ヘイゼルといると……落ちつくの。だから、わたしもヘイゼルに、おんなじように思ってもらいたい」

こんなに緊張《きんちょう》しているルビーは見たことがない。肩《かた》に力が入っているし、眉《まゆ》をひそめている。ルビーがはなをすすって、袋《ふくろ》を持ちあげた。

あたしは受けとって、中をのぞく。箱があって、そこにカタツムリの殻《から》が入っている。もしかしたら、あたしが野原で落としたものかもしれない。模様《もよう》がよくにている。でも、ルビーが持ってきてくれたのは、それだけじゃなかった。ジャムの瓶《びん》に入れたテントウムシとカエルの卵《たまご》もある。

「ヘイゼルのタリスマンになりそうなものを探《さが》して、持ってきたんだ。おとぎ話の課題で調べたでしょ。どんなものが幸運のお守りになるか。これだけあれば、役に立つかなって思って……〈ホタルの森〉に行ったとき」

あたしは箱をとりだして、ぎゅっと抱《だ》きしめる。もう安心してきた。

「あのね、こんなことをするのは、友だちじゃないと思う……」

ルビーをちょっと見て、にーっと笑う。かんちがいしたルビーが悲しそうな顔をしたけれど、あたしがそれを一瞬《いっしゅん》で消す。

「……親友だよ」

そういいながら、緊張《きんちょう》でほおが熱くなる。生まれてはじめて、親友ができた。オマルも親友だけど、いとこなんだから、あたりまえだ。

「ほんと？」

ルビーが手を組んで、興奮《こうふん》してぴょんぴょんとびはねる。それから前かがみになって、あたしをハグする。

「あ、ごめん。こんなことしたら、息が苦しくなっちゃうかな——」

あたしは笑いだし、ちょっとゼーゼーしたせいで、軽いせきの発作《ほっさ》を起こす。

「心配しないで！」すぐさまいう。「だいじょうぶだから、ほんとだよ。まえよりずっとよくなったの。それに、ハグしてもだいじょうぶ」

ルビーはほっとしたように、ベッドの端《はし》に腰《こし》かける。すると、なにかを考えこむ顔つきになった。

「どうしたの？」

ルビーがこっちを見る。真剣《しんけん》な顔だ。

「このあいだ、ホタルはどうだった？」

あたしの中で、なにかがかすかに動いた。自分以外の人があの三匹《びき》の話をするなんて、変な感じだ。でも、ときはなたれたような気もする。

「えっと……あの……」

いざ口にするとなると、ばかみたいなことをいうようで、ちょっと気まずい。ごっこ遊びでもしているようだ。でも、そうじゃない。

「オオカミに、蹄鉄《ていてつ》はハグストーンと引きかえだっていわれたの。でも、そもそもハグストーンがなんなのか、よくわからなくて……」

ルビーの目がぱっと輝《かがや》く。

「わたし、知ってる！　自然にあいた穴《あな》がある石だよ。その穴《あな》からのぞくと、相手の本当のすがたが見えるんだって」

ルビーが最高速度で話しだす。点と点をつないで、あたしがこれまで気づかなかった線にしていく。

「冒険《ぼうけん》は、カギを持ってこいってところからはじまったんだよね……それと引きかえに、首なし騎士《きし》は蹄鉄《ていてつ》をほしがっている……オオカミはハグストーン……魔女《まじょ》は……魔女《まじょ》もなにかほしがると思う？」

「わからない」と、あたし。『三の法則《ほうそく》』があてはまるといいなって、ちょっと思ってるんだけど。おとぎ話みたいに。それなら、ハグストーンを手に入れれば、冒険《ぼうけん》は終わるはず。でももし、このままずっとつづくとしたら？」

「うーん……」

ルビーが、しばらく考えこむ。

「もし『三の法則《ほうそく》』があてはまるなら、冒険《ぼうけん》を確実《かくじつ》に終わらせるために、自分でハグストーンを見つけるっていうのはどうかな？　ビーチとかで。ネットで買ってもいいし。わたし、おこづかいなら少しはあるよ」

あたしは首を横にふる。

「首なし騎士《きし》が持ってこいっていったのはオオカミの蹄鉄《ていてつ》だし、オオカミがいったのは魔《ま》女《じょ》のハグストーンだった」

「ホタルは？」ルビーがいう。「だれからカギを手に入れる必要があるのか、いった？」

あたしはうなずく。

「カギは首なし騎士《きし》が持っているっていってた。だから、そのカギじゃないとだめだと思う。〈ホタルの森〉には、そこだけのきまりがあるの。パターンっていうか。それにしたがって、話が進んでいってる気がする」

「でも、そういうパターンがちゃんとあるなら」と、ルビー。「おとぎ話の『三の法則《ほうそく》』があてはまるかどうか確《たし》かめるには、三回で終わるのを見とどける必要があるよ。実際《じっさい》に三回で終わってからじゃないと、三回で終わるかどうかわからないってこと」

「あー、ルビーのいうとおりだ」

あたしは、ドサッと枕《まくら》にもたれる。ホタルがオーバさんを恐《おそ》れていることまでは、ルビーにいっていない。もしいったら、瓶《びん》のことも話さなければならなくなるからだ。それはあたしの秘密《ひみつ》じゃないから、勝手にしゃべるわけにはいかない。

話せば話すほど、わけがわからなくなってきた。欠けているパズルのピースがあるような気がするのに、それがなんなのかわからない。つきとめるには、ルビーがいったように、冒険《ぼうけん》をつづけるしかない。きっと三回で終わるよね？　あたしたちが調べたおとぎ話は、どれもそうだったんだから。

「待って、もう行っちゃうの？」

ルビーが急に立ちあがったので、おどろいて、たずねる。

「冒険《ぼうけん》の必需品《ひつじゅひん》をそろえようと思って。今度、持ってくるよ」と、ルビー。「このまえは、ヘッドライトを持っていったんだよね？　また必要でしょ？」

あたしは、にっこり笑う。ルビーがいてくれると、本当に心強い！

「えっと、そうだね、持ってきてもらえると、すっごく助かる。あと、長靴《ながぐつ》もおねがいできる？　森の中は、ぬかるんでいることがあるから」

ルビーがうなずく。

「わかった。でも、次に来たときは、たっぷりお勉強しますからね。おくれをとりもどさなくっちゃ」

あたしは、おどけて目をぐるりとまわす。

「はいはい」という。「食事をくばる時間になったら、ルビーの分のチョコレートプディングももらっておきますよ」

26

アリの行進だ
フレー、フレー
一匹《ぴき》ずつゆく
フレー、フレー
アリの行進だ
おちびとまり、指しゃぶり
ほら急げ、雨だぞ、進め
地下へもぐれ
タン、タン、タン、タン

次の日の朝、とつぜん聞こえた歌に起こされた。ぼんやりと目を開けると、となりの、よちよち歩きの女の子が両親と、タブレットで番組を見ている。「タン、タン、タン」のところでパン、パン、パンと手をたたく。またこの歌を聞いたということは、三匹《びき》のホタルが呼《よ》びにくる合図かもしれない。

ルビーが、おねがいしていたものを持って、また来てくれた。ヘッドライトと長靴《ながぐつ》だ。あたしはそれをベッドの後ろにかくす。それからルビーといっしょに、幸運のお守りの入った箱を点検《てんけん》し、特にカエルの卵《たまご》をよく観察する。

「たくさんの目がこっちをじっと見つめているみたい」

あたしはいう。ルビーをちらっと見ると、同じように興味《きょうみ》を持ったようだ。

こっちを見つめているような卵《たまご》を見て、ぎらりと光るオオカミの目が頭をよぎったけれど、首を横にふって、ふりはらう。

「知ってた？　カエルは一度に何千個《こ》も卵《たまご》を産むんだって」ルビーがいう。「だから、すごくたくさんのオタマジャクシが卵《たまご》からかえるんだね」

「へえ！」

あたしはまえにオーバさんから聞いたことをルビーにも教える。カエルの群れは「army（軍隊）」っていうんだよ、と。

オオカミにまた会って、魔女《まじょ》にも会わなければならないと考えると怖《こわ》い。でも、親友の助けとお守りがあれば、乗りきれそうだ。

ちょうど真夜中を過《す》ぎたとき、ホタルがあらわれた。ほおがちくちくし、かこうとして目をさまし、あの三匹《びき》が来たのだと気づいた。

「看護師《かんごし》さんにだまって、ベッドをはなれちゃいけないことになっているの」

あたしはささやき、目をこすって眠気《ねむけ》をはらう。

三匹《びき》は、あたしがいっていることがわかったらしく、一匹《ぴき》ずつ毛布《もうふ》の下にもぐりこみ、消えていく。あたしはベッドの後ろに手をのばして、長靴《ながぐつ》とヘッドライトをつかみ、きちんと身に着けてから、幸運のお守りの箱をしっかり持つ。

左右をじっと見て、だれも起きていないことを確《たし》かめると、ホタルのあとを追う。二時間もすれば、次の酸素吸入《さんそきゅうにゅう》のために看護師《かんごし》さんがカーテンからのぞいてくる。それまでに、もどってこられるといいけれど。

毛布《もうふ》の下をはって進むのは、変な感じだった。最初はただ、シーツがちくちくするだけ。でもすぐに、それがぬれた草に変わり、気づくと、顔のまわりにたくさんの葉があった。

両手がバチャバチャとぬかるみをとらえたのは、頭から森に到着《とうちゃく》したからだ。

今夜の森は霧《きり》がかかっていて、すぐには道がわからなかった。ぬかるみをよく見ると、足跡《あしあと》がのこっていて、ブラックベリーの茂《しげ》みの向こうへつづいている。今日は、これをたどっていけってことだ。そうすれば、魔女《まじょ》のところに着くのだろう。

お守りの箱を両手でしっかり持って歩いていくと、魔女《まじょ》の家の前に着いた。門が開いている。オーバさんの家の門にそっくり。白い扉《とびら》が、少しのずれもなく、きっちりきれいに作られている。でも、こっちは木じゃなくて、マシュマロでできている。

家もオーバさんの家とよくにている。ドアと窓《まど》の位置もぜんぶ同じ。ただし、この家は、本当にジンジャーブレッドでできている。ジンジャーブレッドの壁《かべ》から糖蜜《とうみつ》がにじみでているのは、それでジンジャーブレッドをくっつけているからだろう。窓《まど》はアイシングでできている。

あたしは、たった三歩進んだだけで、つまずいてしまった。お守りの箱が手から転がりおち、ふたが開く。ふりかえると、木の根がするするともとの場所にもどっていく。つまずいた理由がわかった。でも木は味方のはずだから、あたしを助けようとして、やったのかもしれない。とはいえ、いろいろ困《こま》ったことになってしまった。

いらいらして、歯を食いしばる。この森は、あたしにどうしてほしいんだろう？　まるでクモの巣《す》だ。あたしを引きいれ、糸でぐるぐる巻《ま》きにして、ゆっくりと弱っていくのをじっと見つめている。

ぬかるみに目をこらし、そこに落ちて、こんもりしているものをひろいあげ、箱にもどす。カタツムリの殻《から》、カエルの卵《たまご》……。あたしのためにルビーが見つけてくれた三つのお守りのうち、見つかったのはこのふたつだけ。テントウムシは、どこかへ飛んでいってしまった。

すると、あたしの手を、たこのできた手が包んだ。

その人を見ようと、顔をあげる。でも、そこにいたのは、オオカミだった。琥珀《こはく》のように光る黄色い目であたしを見すえ、暗闇《くらやみ》で歯をぎらつかせている。あたしの手に重ねられているのは、前足だったのだ。

「あ……あなたの歯は、どうしてそんなに大きいの？」言葉につまりながら、いう。

「おまえをがぶりと食べるためさ」

オオカミが、ぱっと飛びかかってくる。

あたしは悲鳴をあげて、後ろにたおれた。前足で胸《むね》をぐっとおされる。両手でどけようとするけれど、びくともしない。さっき、木があたしを転ばせたのは、これを伝えるためだったんだ。オオカミがいるから気をつけてって教えてくれていた。なのに、あたしは聞こうとしなかった。そのせいで、のみこまれようとしている。オオカミは、あたしの服で変装《へんそう》するかもしれない。次の犠牲者《ぎせいしゃ》が出るかもしれない……。

だめ、そんなことさせない、と心の声がする。おとなしくあきらめるわけにはいかない。こんなにいろんな目にあってきたんだから。

「あたしを食べたら、ハグストーンが手に入らなくなるけど、いいんですか？」

この言葉にオオカミがうなり、前足に、さらに力をこめる。肺《はい》から空気がぜんぶしぼりだされていく……。

次の瞬間《しゅんかん》、ふっと軽くなった。

「かしこいじゃないか」

オオカミが感心したようにいう。胸《むね》から前足をどけたので、あたしは体を起こして息を吸《す》う。

オオカミも体を起こして、霧《きり》に消えていった。あたしは、すぐさま魔女《まじょ》の家にかけよって、ドアを三回ノックする。

「いったいだれだい？」

魔女《まじょ》が警戒《けいかい》するようにいう。ドアを開けて、中に入れるつもりはないらしい。

「ヘイゼル・アル＝オタイビです」そういいながら、はじめて、この名前が自分のものだと思えた。「おねがいがあって、来ました」

魔女《まじょ》がだまりこむ。返事をしてくれるんだろうか？

「ただでは聞いてやれないね」

その答えに、気持ちがしずむ。ここで冒険《ぼうけん》が終わると思っていたのに……。

「それで、どうするね？」

だまっているあたしに、魔女《まじょ》がきく。

すると、後ろで足音がした。オオカミが門をふさぐようにうろうろしながら、飢《う》えた目でじっと見ている。あたしが魔女《まじょ》のいうとおりにしなければ、オオカミはハグストーンを手に入れられないから、あたしを襲《おそ》わずにいる理由がなくなる。でも、あたしが魔女《まじょ》のいうとおりにするといってしまえば、また冒険《ぼうけん》をつづけなければならない。しかも、それがいつ終わるのか、だれにもわからない。

ママとパパがイギリスに来る日になってもまだつづいていたら、どうなるの？　やりとげるまで、ぜったいにふたりに会えないのかな？

「わかりました。どうすればいいですか？」とうとう、あたしはいう。

「たいへんけっこう」

魔女《まじょ》がどう思っているのか、その声からはわからない。

「望みをいってごらん」

「ハグストーン」

間髪《かんはつ》をいれずに、はっきりという。〈ホタルの森〉から、どうしてもぬけだしたい。

「ハグストーンをください」

「いいだろう」と、魔女《まじょ》。「望みどおり、ハグストーンをやろう。かわりに、白いウサギを連れておいで」

27

「……つねって、パンチして、おかえしなしよ！　白いウサギ、白いウサギ、白いウサギ」

エズラがアキンと、なにかしている。

あたしは退院《たいいん》して、サマースクールにもどってきた。理科の授業《じゅぎょう》で育てていた豆苗《とうみょう》が枯《か》れてしまったので、苗木《なえぎ》をもらえるチャンスをのがしたことが確定《かくてい》したし、美術《びじゅつ》の課題もおくれている。でも作文の授業《じゅぎょう》には、だいたいついていけている。おやつ当番がまわってきて、なんとかオーバさんのアップルパイを持ってくることもできた。先週のエズラのおやつは食べそこねて、ざんねんだったけど、ロッキーロード（注・「岩だらけの道」の意。とかしたチョコレートにマシュマロやナッツをまぜて、かためたお菓子《かし》）だったそうだ。でもルビーが「あんなにかたいロッキーロードは、はじめて。まさに岩だったよ」といったので、あまりがっかりすることはないかも。

病院の先生から、朝晩《あさばん》一日二回、茶色い吸入器《きゅうにゅうき》で薬を吸《す》いこむようにいわれている。そのとき、薬をきちんと肺《はい》にとどけるために、スペーサーという小さな補助具《ほじょぐ》を使う。それが変な感じだけど、ちょっとだけ楽しい。それから、青い吸入器《きゅうにゅうき》をいつも持ち歩いて、息がうまくできないときに使うことになっている。

今は、その必要はない。でも、エズラが「白いウサギ」といったのを聞いて、息がとまりそうになる。

白いウサギ。それが魔女《まじょ》から出された交換条件《こうかんじょうけん》だ。

「ねえ、あれってどういう意味？」

あたしは新しい親友であり、歩く百科事典でもあるルビーにきく。次の冒険《ぼうけん》で、白いウサギを連れていかなければならないことは、もう話した。でもエズラがいったことの意味は、ルビーにもわからないらしく、うーん、と顔をしかめている。

結局、ルビーが答えるまえに、バスラ先生が反応《はんのう》した。

「いい質問《しつもん》ね、ヘイゼル」という。「エズラ、さっきアキンにしたことを、もう一度やってみて」

エズラが、おどおどしだす。

「いや、ちがくて。ちょっとふざけただけっていうか——」

バスラ先生が笑い声をあげる。

「もう一度やってっていったのは、これまで学んできたおとぎ話のテーマと関係しているからよ」

「なんだ」

エズラが、ほっとした顔をする。めんどうは起こしたくないタイプのようだ。エズラは、アキンにしたことを、みんなの前でもう一度してみせた。今度は早口でぼそぼそ「つねって、パンチして」といっている。はずかしいみたい。

「ありがとう。この遊びは月のはじめにすることが多いわよね。でも、なんのためにするのか、知っている人？」バスラ先生がきく。

みんな、だまっている。

「ルビーも知らない？」

ルビーがうなずく。

「わあ」バスラ先生が楽しそうに笑う。「こんなの、はじめてじゃない？　そうね、じゃあ、だれかが塩をひとつまみして、肩越《かたご》しにさっと投げているのを見たことはない？」

「あ、ある！」アキンが答える。「お母さんが料理のときにやってます」

「そう！」と、バスラ先生。「それよ。ほかのみんなはどうかな？　見たことある？」

ルビーとエズラが、うなずく。でも、あたしは見たことがないので、先生が説明してくれる。

「そうやって塩を投げることで、悪魔《あくま》を撃退《げきたい》できるという迷信《めいしん》があるの。特に魔女《まじょ》は塩に弱いといわれているのよ。それで『つねって、パンチして……』に話をもどすと、『つねって』は塩をつまむ動作。つまんだ塩を投げて魔女《まじょ》の力を弱めたところで、パンチして永久《えいきゅう》に追いはらう、というわけね」

「でも『白いウサギ』っていうのは、なんですか？」

ルビーが、すっきりしないという顔で質問《しつもん》する。

「その迷信《めいしん》と白いウサギの関係が、ぜんぜんわかりません」

「そうよね。じゃあ、ちょっと調べてみるわ！」

バスラ先生が教室のパソコンの前に座《すわ》って、だまって操作《そうさ》をはじめる。

あたしたちは答えが知りたくて、先生をじっと見つめる。

「ああ、なるほど、そういうことね。まず、いろいろな説があります。でもそのほとんどが、ウサギを幸運のお守りとみなしているわ。つまり……魔女《まじょ》を追いはらって、幸運を呼《よ》びこむということみたい」

ルビーが、あたしのほうを向く。目を大きく見開いている。きっと今、同じことを考えているはず。あたしの最後のミッションのことを。

「さあ、では」

バスラ先生が、もう一度みんなの前に立った。静かにというように、パンと手をたたくと、うで時計とブレスレットがチリンチリンとウィンドチャイム（注・複数《ふくすう》の金属片《きんぞくへん》などをひもでつるし、風を受けて心地よい音が出るようにしたもの）のような音を立てる。

「今日は、おとぎ話のよくあるおやくそくを、くつがえすことに取り組んでもらいます」バスラ先生がホワイトボードに「おやくそく」、「くつがえす」と書いて、どんな意味かわかりますか？　ときく。今度はルビーとアキンが競《きそ》って答えようとする。でも、あたしは集中できない。白いウサギを連れてくるようにといった森の魔女《まじょ》のことが、頭からはなれないのだ。

もしかしたら、森でのミッションを永久《えいきゅう》に終わらせることができるかもしれない……。

でも、それにはまずアメリが、オーバさんの白いウサギが、幸運のお守りに必要だ。

もっと正直にいうと、おとりに必要だ。

28

サマースクールのあと、オーバさんの家でルビーと作戦会議をすることにした。家に着いたとき、まさにお菓子《かし》の家だ、とあらためて思った。パパがいっていたとおりだ。

道を歩いているときにはもう、村は気味が悪いほど薄暗《うすぐら》かった。雲が太陽をかくし、雷《かみなり》の音がだんだん大きくなってきた。嵐《あらし》が、じりじりと近づいてきている。アメリは、感じとっているのかな？

オーバさんは今、出かけている。だから、家にいるのはルビーとあたしだけ。リビングの暖炉《だんろ》の火は、もうほとんど消えている。家の中は肌寒《はだざむ》く、ひんやりとした空気が、どこにでもついいてくるようだ。

「それで」ルビーがいう。「どうするつもりなの？」

あたしは、ポテトチップスをふた袋《ふくろ》とスカッシュ（注・濃縮《のうしゅく》した果汁《かじゅう》に砂糖《さとう》をくわえた原液《げんえき》を水で割《わ》って、好みのうすさにして飲むもの）を手にとって、テーブルに着き、ため息をつく。

「アメリを〈ホタルの森〉へ連れていこうと思う」

ルビーが息をのむ。

「そんなのだめだよ」

あたしは、くちびるをぎゅっと結ぶ。

「それ以外にないの。そうしないと、ホタルは、ぜったいにあたしをひとりにしてくれない。ずっとつきまとってくる。でも、アメリをわたすつもりはないよ」

最後のひと言は、ちょっと声をひそめていう。あの三匹《びき》がそばにいて、あたしがだまそうとしていることを聞いているといけないから。

ホタルに話を聞かれているかも、なんて心配することは、これまで一度もなかった。三匹《びき》がまたあらわれるようになったことを、ずっとだれにもいえなかったから。それがこうやって話せるようになって、ほっとしている。でも、まえより怖《こわ》くもある。自分以外の人が知っていることで、なにもかもが現実《げんじつ》なんだって思いしらされるからだ。

「あのね、今日の授業《じゅぎょう》で、バスラ先生がいってたことを聞いて、いいこと思いついたんだ」

あたしの計画をルビーに話しおわったころに、オーバさんが帰ってきて、そのあとすぐに、ルビーのお母さんがむかえにきた。

あたしとルビーは、まだバイバイする気になれず、玄関《げんかん》のドアのところでしゃべりつづける。家の中にいるオーバさんと外にいるルビーのお母さんにはさまれた、ふたりだけのスペースで、こそこそ話す。

「わたしがいないときになにかしたら、だめだからね」ルビーがいう。「週末に、お泊《と》まり会をしよう。ホタルが来ても、わたしがすぐそばで、ずっと見ててあげられるから」

でも、ホタルがいつ来るか、そのタイミングは、あたしにはコントロールできない。ホタルがきめているんだから。そういおうとして、思いなおす。もしかしたら、できるかも。

ずっとオーバさんのそばにいたら、なんとかなるかもしれない。

あの三匹《びき》が来たとき、ルビーにいてもらったほうが、ぜったい助かるはずだ。特に、アメリを連れていく次の冒険《ぼうけん》は、どうなるかまったくわからないのだから。


「食べたら、すぐに出られる？」

オーバさんがいった。次の日の朝早くのことだ。

秘密《ひみつ》の部屋の南京錠《なんきんじょう》が開いているから、さっきまで中にいたのかもしれない。あたしがキッチンのテーブルに着く間に、オーバさんは南京錠《なんきんじょう》のダイヤルをひとつずつまわして、またてきとうな数字の組み合わせにもどした。

オーバさんは、キッチンのケージに入っているアメリにえさをやりはじめ、あたしは朝食をとる。オーバさんの朝食は手がつけられていない。いつも、先にアメリにえさをやるのだ。アメリがまだなにも食べていないのに、自分だけ食べるなんて、悪くてできないという。

あたしは、計画のことがあって、アメリをまともに見ることができない。でも、それをどうにか心の奥《おく》におしやる。ホタルを呼《よ》んでしまうといけないから。

オレンジジュースを飲み、パイクレットとかいう小さなパンケーキみたいなものを食べながら、あたしはあくびをかみころす。

昨日の午後、ルビーが帰ってから、オーバさんが、ふたりきりで出かけようとさそってくれた。でも、なにをするのかも、どこへ行くのかもいわなかった。ただ、朝食のあとに出かけましょうとだけいったのだった。

まだ草が朝露《あさつゆ》にぬれていて、車の窓《まど》がくもっているほど、早い時間だ。雨のあとで、世界が新鮮《しんせん》な香りに包まれていて、今のところは太陽が顔を出している。でも遠くに灰色《はいいろ》の雲が見えるので、雲と太陽がバトルをくりひろげるところを想像《そうぞう》する。たぶん、太陽は火の軍隊を率《ひき》いて、猛然《もうぜん》と進み、雲を一掃《いっそう》するだろう。対する雲は、ふたたび結集し、エネルギーをたくわえ、次に雷《かみなり》をドーンとお見舞《みま》いするときをじっと待つ。

イギリスの天気がくるくる変わるのは、見ていて楽しい。うちのほうの天気はワンパターンだ。晴れ。いつだって晴れだ。雲が形を作ることもなければ、雨のにおいがすることもないし、吸《す》いこんだ空気がひんやりしていることもない。

走る車の中から、木の上の雲をながめていると、チョウが空をひらひら飛んでいた。それを見て、オーバさんの庭のサナギを思い出す。もうチョウになったかかな？　完全にすがたを変えて、自由に飛んでいるんだろうか？

オーバさんは、ずっとだまっていて、あたしも同じだ。でも、気まずくはない。オーバさんは、ラジオでパチパチ雑音《ざつおん》の入った古い音楽をかけていて、トランペットの音がたくさん聞こえる。あたしは車の中でも、すぐ下の道路を感じることができた。ぼこっとふくらんでいるところを通るたびに、体がふわっと浮《う》くからだ。

車は、となり町のはずれにある病院を通りすぎ、道をくねくねと進んでいく。この町も古そう。丸石敷《まるいしじ》きの道と黄味がかった建物は、何百年もまえからずっとそこにあるようだ。ときどき高層《こうそう》ビルも見えて、クウェートの建物を思い出す。道行く人が、ちらほら見えてきた。

町の中心に近づくほど、静けさが消え、騒音《そうおん》がどんどん大きくなっていく。

世界が活気《かっき》づき、さわがしくなったころ、ようやく、オーバさんが古い建物の前で車をとめた。その建物は黄味がかった柱で支《ささ》えられていて、複雑《ふくざつ》なバラの彫刻《ちょうこく》がほどこされている。

看板《かんばん》があって、「リトル・ヌック精神保健《せいしんほけん》センター」と書いてある。

「なんなの、ここ?」

われながら、まのぬけた質問《しつもん》だ。だって、答えは看板《かんばん》にちゃんと書いてあるんだから。

でも、なんていうか、どうしてここに来たの？　ってききたかったのだ。

「あなたに話してみようと思ったの」

オーバさんが口を開く。なぜだか、ちょっと緊張《きんちょう》しているみたい。

「わたしが毎週月曜日に、どこへ行っているのか。あの秘密《ひみつ》の部屋の小さな瓶《びん》の中には、いったいなにが入っているのか、きちんと説明しようと思って……」

29

「はじまりは、もう何年も、何年も、何年もまえのこと。わたしが、あなたよりもう少しだけ小さかったころ……そう、ずいぶんとむかしの話よ」

オーバさんがフッと笑って、語りだす。

「それまで一度も心配したことがなかったことを、心配するようになったの。両親が病気になったらどうしよう、友だちがわたしに腹《はら》を立てていたらどうしよう、学校でへまをしていないかしら。不安は日に日に大きくなっていって、とうとう、わたしをのみこんでしまった。

　ある朝、学校へ向かって歩いているときだった。あれはクリスマスのすぐあとの、寒い日だったわ。おかしな生き物があとをつけてきていることに気づいたの。見たこともないくらい恐《おそ》ろしいものが、首《くび》を上下にゆらし、灰色《はいいろ》の目でこちらを見つめ、わたしの一歩一歩にあわせてひょこひょこやってくる。わたしは、すぐににげようとしたけれど、その生き物が両方の足首に、ただの歯ではなく鋭《するど》い牙《きば》で、がぶりとかみついた。そして、鼻をフンフン鳴らしながら、ずっとついてきたの。

　学校に着いても、まだ胸《むね》がドキドキしていた。その生き物にあとをつけられたまま授業《じゅぎょう》を受けるなんて、とてもじゃないけれど、恐《おそ》ろしくてできなかったわ。そのあとも、どんなに追いはらおうとしても、それはもどってきた。わたしは授業《じゅぎょう》を受けていても集中できなくなったし、その生き物を見かけた場所にはどこにも、近づけなくなってしまった。すぐに、安全だと感じられる場所は、家だけになったわ。でもある日、部屋から出ると、それが、わたしを見つめていたの。うすい灰色《はいいろ》の目と、ぴんと張《は》った土色の皮膚《ひふ》の化け物が」

「怖《こわ》い……」

あたしはささやく。首の後ろの毛が逆立《さかだ》っている。やりとげられそうもないミッションを抱《かか》えて、〈ホタルの森〉にもどったときのようだ。

「それから何年もずっと、その化け物はわたしを追いまわした」

オーバさんがつづける。

「ときどき、ほかの化け物を連れてくることもあったわ。わたしはすっかりおとなになって、ひとりで暮《く》らすようになってはじめて、人の助けをかりようと決心した。そうして、ここへ来たの……」

とめた車のすぐ近くにある看板《かんばん》のほうに、あごをしゃくる。

「ここで、話を聞いてもらった。そうしたら、どうなったと思う？」

あたしはわからず、オーバさんを見つめて首を横にふる。

「化け物の正体がわかったの。もとは心配の種だったものよ。わたしの中の恐《おそ》れや不安が大きくなったものだったの。それから、化け物とたたかうにはどうしたらいいのか、その方法も教わったわ。といっても、なにか武器《ぶき》を使うわけじゃないのよ。そうじゃなくて、自分を大切にすること、気にかけてくれる人の助けをかりること、それから、自分の強さを信じること。そんな強さがあるとは、気づきもしなかったけれど、あったのね」

オーバさんが深く息を吸《す》う。気づくと、あたしも同じようにしていた。車は暖房《だんぼう》がついていて、窓《まど》ガラスがくもり、頭の中がウィーンと音を立ててまわっている。

「このセンターに来るようになって、あの化け物はいったいなんなのか、なにを求めているのか、わたしはわかりはじめた。だから今も毎週、たたかう手助けをしてもらうために、ここに話をしにきているの。そのあと必ず園芸用品店によって、新しい瓶《びん》を買い、化け物を閉《と》じこめる。それが、あの部屋にかくしてあるものよ」

何秒かして、オーバさんの話が終わったことに、あたしは気づいた。でも頭は、なんで？どうして？　で爆発《ばくはつ》しそう。

「なんで、あれは……その、脳《のう》みそとか内臓《ないぞう》みたいに、すっごく怖《こわ》い形をしているの？」

オーバさんが鼻にしわをよせる。

「確《たし》かにちょっと変わった形だとは思うけれど。でも、あれも最初は種だったのよ。瓶《びん》の中で育っているうちに、ああいう形になっただけで。あれが、わたしの不安の形というわけね。庭で育てている花の根も、あんな形をしているわよ」

　あたしは、つづけざまにきく。

「どうして、ずっとそばに置いておくの？」

　オーバさんが、ため息をつく。

「きっとまだ、完全に手ばなすところまではいっていないからでしょうね。今はまだ、そのときじゃないということ。もちろん、わたしはあなたよりずっと年をとっていて、幸運にも助けてくれる人もいる。それでもまだ、不安を手ばなす道のとちゅうにいるんだと思うわ」

　あたしはくちびるをかんで、少しの間、その言葉の意味を考える。オーバさんの化け物は、三匹《びき》のホタルとよくにている。オーバさんのほうを向くと、やさしい目で見つめかえしてきた。たぶん、オーバさんはわかっている。わかっていて、あたしを助けようとしてくれているんだ。

「どんな人にも、化け物はいるものよ」オーバさんがいう。「いろいろな形や大きさであらわれる。あなたがもし、そのことについて話がしたくなったときには、わたしがいるわ。それだけ伝えておきたくて」

あたしはまだ、オーバさんにホタルの話をする心の準備《じゅんび》がちゃんとできていない。アメリを巻《ま》きこもうとしているせいで、よけいに話しづらい。でも、やっとわかった気がする。ホタルがオーバさんを恐《おそ》れているわけが。あの三匹《びき》を追いはらうための、ちゃんとした方法がわかっている人だからだ。あたしはまだ、くわしいことは話せないけれど、これならだいじょうぶだろうと思うことをきいてみる。

「これまで化け物とたたかっているときに……もうだめだ、あきらめようって思ったことはある？」

オーバさんが笑いだす。

「そんなの、しょっちゅうよ！　たたかっているときの気持ちというのは、風邪《かぜ》といっしょね。ひどくなっていって、それから、よくなっていくものなの。ときにはもうだめだって、あきらめたくなることもある。でも、はっきりといえるわ。この恐《おそ》ろしい道の終わりには、きっとひと筋《すじ》の光がさしているとね」

あたしの疑問《ぎもん》に、オーバさんが怖《こわ》いくらいずばりと答える。あたしの心が読めるみたい。

それが聞ければ、今は十分だ。

話が終わると、園芸用品店に行った。そこで、ケーキと紅茶《こうちゃ》を楽しむ。

「あたしずっと、オーバさんはなんでもひとりでやっているんだと思ってたの」少ししてから、打ちあける。

オーバさんが、おかしくてたまらないというように笑いながら、いう。

「あら、まさか、アッハッハッ……やあね、そんなわけないでしょう。わたしは、あなたのお父さんとお母さんのように結婚《けっこん》をしていないし、子どももいない。でもふたりと同じように、わたしの人生にも、心から愛しあった人がきちんといるのよ」

あたしは、オーバさんと写真にうつっている女の人のことをきいてみる。あの家に、たくさん飾《かざ》ってある写真の人だ。オーバさんが、やさしい顔をする。

「ふたりで、世界じゅうを旅してまわったの」という。「五十か国……すばらしかったわ。それも、わたしが計画したのよ。想像《そうぞう》できる？」

「うそでしょ！」と思わずいってしまう。オーバさんの、きっちりした予定表を思い出す。

「わたしは人生という物語の、さまざまな章を生きてきたわ。本当にたくさんの章を。あなたが今、目にしていることがすべてじゃないのよ。ほかにも、まだまだたっぷりある。でも、あなたの物語は、はじまったばかり。だからもうひとつ、おどろかせようと思って用意しているものがあるの。ついてきて！」

オーバさんが、あたしの手をぎゅっとにぎって、引っぱる。あたしたちは園芸用品店の通路を歩きまわって、いろいろな形の瓶《びん》がならぶ棚《たな》の前に来た。

「どれがいい？」と、オーバさん。

あたしは、金魚鉢《きんぎょばち》のような丸い瓶《びん》をじっと見る。黄色い水玉模様《もよう》のふたがついている。

「これかな。でも、なにに使うの？」

「あなたの化け物に」

オーバさんが、その瓶《びん》をわたしてくれる。これから女王になる人に、冠《かんむり》をさずけるみたいに。

よし、とあたしは心の中でつぶやく。オーバさんとルビーのおかげで、やっと、あの三匹《びき》のホタルともう一度向きあう覚悟《かくご》ができた。

30

ルビーが泊《と》まりにきた。いよいよだ。

夜、オーバさんがリビングの机《つくえ》で仕事をしている間、あたしとルビーはテレビを見て過《す》ごした。

九時になると、オーバさんは「寝《ね》るまえに電気を消してね」といい、明日は夏休み最後の特別な朝食を用意してくれるとやくそくして、自分の部屋に行った。そのあと、家じゅうがしんと静まりかえり、あたしとルビーは冒険《ぼうけん》のときを待った。

ふたりともだまりこんでいると、アメリがもぞもぞしながら、ゆっくりと部屋の反対側に行った。嵐《あらし》が近いせいで、またおびえているみたい。少しすると、雷《かみなり》がゴロゴロ鳴りだした。ルビーとあたしが窓《まど》にかけよると、ぴかっと稲妻《いなずま》が走る。とうとう嵐《あらし》が来た。

「本気でやるつもり？」ルビーがいう。「アメリを連れていくしかないってヘイゼルが思っていることは、よくわかってる。でも、もしその計画がうまくいかなかったら？」

本当にこれでいいのかどうかわからないという顔だ。こんなに自信がなさそうなルビーを見るのははじめて。でもたぶん、これだけは、あたしのほうが、ほんの少しだけくわしいはずだ。

あたしは、またソファにもどって、ルビーを座《すわ》らせる。ふたりの間にアメリがぴょんととんできて、あたしのひざの上でちぢこまる。

「ホタルのことは、ちょっと話したでしょ」あたしはいう。「でも、あれだけじゃないの」

クウェートでも何度も冒険《ぼうけん》に行かされたの、とつづける。あのときはホタルを無視《むし》できるようになって、冒険《ぼうけん》は完全に終わったと思った。なのにまた、三匹《びき》はもどってきてしまった。ホタルの冒険《ぼうけん》は、ぜったいにやりとげなければならない。そういうきまりなのだ。でもだからこそ、これからやろうとしている計画はうまくいく自信がある。だってあたしは、自分のことよりもよく、あの三匹《びき》のことがわかっているんだから。

「あたし、いつも、ひとりじゃないって気がするの」と説明する。「でも、いい意味でじゃないよ。いっつも、だれかに見られてて、そんなんじゃだめだっていわれているような感じ。ホタルがいつあらわれるのかは、わからないの。とつぜん来ることがあるから。でも、来るぞ、来るぞってわかるときもある。嵐《あらし》みたいに。だけど、来るってわかっても、とめる力はあたしにはない。あの三匹《びき》が来ると、あたしは怒《おこ》って、怖《こわ》くなって、自分はなんにもできないって思う。そういう気持ちをぜんぶ、いっぺんに感じるの。三匹《びき》を無視《むし》しようと、あれこれためすんだけど、どんなにがんばっても、永久《えいきゅう》に追いはらうことはできないみたい。だから、ひとつだけわかっていることをしようと思う。この悪夢《あくむ》みたいな冒険《ぼうけん》を終わらせて、あたしの心の奥底《おくそこ》にひそむ最悪の恐《おそ》れが現実《げんじつ》になるのを食いとめるためにできることを。ホタルが永遠《えいえん》にあらわれなくなることはないって、わかってるの。またきっと、もどってくる。でもたまには、冒険《ぼうけん》がそんなにひどくないこともあるんだよ。今のが、これまでていちばんひどい。最低最悪」

本当のことをみとめたら、言葉がものすごいはやさで次から次へと口から転がりでてきて、すっきりした。だれかにきちんと話すと、心が軽くなるんだ。でも、オーバさんとあのとき話していなかったら、ルビーにぜんぶ打ちあけられたかどうかわからない。オーバさんだって、なんでもひとりでやっているわけじゃないし、だれかに話しているんだとわかって、あたしも同じようにできるかもしれないと思ったのだ。

それでも、ホタルと森での冒険《ぼうけん》について打ちあけることと、そのせいであたしがどんな気持ちになるのかをきちんと説明することは、別の話だ。でも、あたしを見つめかえすルビーの目には涙《なみだ》が浮《う》かんでいる。わかってもらえたんだ。

ルビーは、うんうんとうなずいてから、たずねる。

「どうすれば、また気持ちが楽になるの？」

あたしは、はっとした。ホタルがなにもかもめちゃくちゃにしないようにするにはどうしたらいいのか、今までずっと、それぱかり考えていた。この気持ちをどうこうできるなんて、想像《そうぞう》したこともなかった。どうすれば気持ちが楽になるのか？　きかれてはじめて、わからないと気づいた。

「だいじょうぶ」あたしの表情《ひょうじょう》を見て、ルビーがいう。「わたしにまかせて」

ルビーはすたすたと、でもアリのように静かにキッチンに歩いていくと、戸棚《とだな》をひとつひとつ開けて、中身をじっくり確《たし》かめていく。

「あった！」

料理用の塩がほぼいっぱいに入った瓶《びん》をとりだす。ルビーは念のために軽くふると、「これだけあれば、足りるでしょ」といいきる。

「どうして、そんなことわかるの？」あたしはきく。「まえに魔女《まじょ》を追いはらったことがあるの？」

うそでしょ、信じてないの？　とばかりに、ルビーがぐるりと目をまわす。

「足りるの」

あたしは気持ちが楽になって、「はいはい」とうなずく。

「ほかには、どうすればいい？」

「うーん」

ルビーは、うろうろしながら考える。

「わからないけど……なんだろう……はしごの下を歩かないとか、鏡《かがみ》を割《わ》らないとか？」

「え？」

ルビーが、きゅっと鼻にしわをよせる。

「ただの迷信《めいしん》。鏡《かがみ》を割《わ》ったら、七年間ずっと、ついてないままなんだって……」

ふたりではしゃいでいるうちに、気持ちがもりあがってきた。ルビーのおかげで、心の準備《じゅんび》はこれ以上ないくらい整ったみたい。ヘッドライトは頭の上に、塩は左のポケットに、計画は頭の中にちゃんとある。友だちは、ここにいる。あとはアメリだけ……。

「アメリはどこ？」

ルビーが静かにするのをわすれて、悲鳴に近い声でいう。戸棚《とだな》の中やテーブルの下を見てまわる。ちょっと興奮《こうふん》しすぎているみたい。あたしもだ。ふたりともだんだん、感情《かんじょう》のコントロールがきかなくなってきた。あたしの不安が巨大《きょだい》なグラスに入った炭酸《たんさん》飲料となって、パチパチはじけて、今にもあふれでようとしている。

「たぶん、かくれてるんだよ」あたしは、神経《しんけい》が高ぶってクスクス笑ってしまいそうになるのをこらえる。「あたしたちが、さわいでたから」

「あー、ごめん……」ルビーが、きまり悪そうにいう。

あたしたちは今度こそ静かにして、真夜中の泥棒《どろぼう》みたいにしのび足でリビングを一周し、バスルームを確認《かくにん》し、じきにママとパパが使う屋根裏《やねうら》部屋までのぞいてみたけれど、アメリは見つからなかった。オーバさんはぐっすり眠《ねむ》っているので、部屋のドアは、もちろん閉《し》まっている。

結局、アメリはあたしのベッドの下にかくれていた。こんなことに巻《ま》きこんでしまって、もうしわけないと思う気持ちを必死でおさえる。

「あとひとつ」

あたしは、ベッドのわきのテーブルにかけよる。ぜんそくの緊急用《きんきゅうよう》の青い吸入器《きゅうにゅうき》をつかんで、幸運のお守りといっしょにバッグにしまう。これでやっと、もうすぐはじまる冒険《ぼうけん》に必要なよろいがすべてそろった。

あたしは腹《はら》ばいになってベッドの下に入りこみ、これからしなければならないことにそなえて、アメリに手をのばす。アメリの体は頭からしっぽまで小刻《こきざ》みにふるえ、ひげはぴくぴくし、目は、どうかなってしまったみたいにせわしなく、きょろきょろと動いている。

いったん落ちつかせるために、なでてからおやつをやろうと、あたしがアメリの体を引きよせたそのとき、なにかがアメリを引っぱりかえした。

ベッドの背《せ》もたれの後ろに、コンクリートにあいた穴《あな》があらわれ、生《お》い茂《しげ》った葉がそこからするするとのびてくる。穴《あな》の向こうには、あたしを見つめるふたつの目。一瞬《いっしゅん》、魔女《まじょ》が目的のものをとりにきたのかと思ったけれど、ホタルだった。

今日、ホタルはあたしを引っかいたり引っぱったりする必要はない。なぜなら、その魔《ま》法《ほう》で、かわりにアメリを引っぱっているからだ。穴《あな》に引きずりこもうとしている。

アメリがおびえて、キーキー鳴きながら、暗闇《くらやみ》に吸《す》いこまれていく。その声に、あたしの心は引きさかれる。

「行かなくちゃ」

ベッドの下からルビーにいう。声がふるえている。

ルビーがしゃがんで、見つめてくる。怖《こわ》いのは、いっしょみたい。

あたしが暗い、暗い穴《あな》にするりと体を入れると、つるが巻《ま》きついてきて、通りぬけるのを手伝ってくれた。

わずかな希望にかけて、アメリのあとを追う。どうか計画がうまくいって、あたしもアメリもそろって、無事に家に帰れますように……。

31

森に入ったとき、アメリが見あたらなくて、あたしはすぐにパニックになった。アメリはオオカミからも首なし騎士《きし》からも、暗闇《くらやみ》でカサカサ音を立てるどんなものからも、守られていないのに。それに、あたしが計画を実行するまえに、アメリが魔女《まじょ》につかまってしまったら、どうしよう……。幸運のお守りになるのはウサギの足だとルビーが教えてくれたけれど、アメリにとって、それはつまりどういうことなのか、知るのが怖《こわ》い。

ホタルのたくらみで、あたし以外が傷《きず》つくかもしれない。それがこんなに怖《こわ》いことだなんて、知らなかった。傷《きず》つくのが自分なら、ぐっとこらえることができる。向きあえる。まあ、たいていの場合は。それにどっちにしろ、あたしにはいつものことって感じだし。でもほかの、息をしている命あるものが、それも、あたしが守ってくれると信じている生き物が、あぶないかもしれないというのは……怖《こわ》さがぜんぜんちがう。

今日の〈ホタルの森〉は不気味なほど静かだ。静かすぎるくらい。まるで、森が息をひそめて、なにかを待っているようだ。
今回も、森の中で、はじめて来た場所なので、自分がどこにいるのかも、ここから魔女《まじょ》の家にどうやって行けばいいのかも、わからない。しゃがんで、足跡《あしあと》を探《さが》す。パンくずを探《さが》すヘンゼルとグレーテルのように。でも、ウサギくらい大きなアリしか見えない。あの歌が頭の中で流れだす。

アリの行進だ
フレー、フレー
一匹《ぴき》ずつゆく
フレー、フレー
アリの行進だ
おちびとまり、指しゃぶり
ほら急げ、雨だぞ、進め
地下へもぐれ
タン、タン、タン

あたしはアリについていく。クウェートで、よくしていたように。行かなければならないところへ連れていってくれると、心の奥底《おくそこ》でわかっているから。雨のあとで、森の地面のあちこちに、高くのびたキノコが群生していて、あたしの肩《かた》までとどくものもある。キノコには、どんな意味があるんだろう？　いいことがあるってこと？　それとも、悪いこと？　とにかく、アメリを見つけるのに役立つといいな。

そのうちにアリは消えてしまったけれど、キノコはあいかわらずはえている。どんどん胞子《ほうし》を作って、飛ばしているのだろう。どの木の根元にもキノコは一本ある。ゲームのチェックポイントに少しにているので、それをたどっていくうちに、まわりの様子がわかってきた。

すぐに、今歩いている道は、学校からオーバさんの家までの帰り道とそっくり同じだと気づいた。放牧地とシェトランドポニーが見えるはずの左手の場所に目を凝《こ》らす。でもそこにあるのは、こわれて、ハリエニシダにおおわれた柵《さく》だけだ。

あたりの木は、間近で見ると、切り傷《きず》があり、開いた傷口《きずぐち》のように血が流れでて、〈ホタルの森〉の地面にポタポタたれている。キノコはもう消えていて、たどれるのは血の跡《あと》だけだ。でもそれも、道のとちゅうで、とつぜん消えてしまった。どうしよう、とまわりに目をやる。すると、密生《みっせい》した木と木の間のぬかるみに、ぴょん、ぴょん、ぴょんとのこる、赤い血のついた足跡《あしあと》が見つかった。あたしは道をはずれて、足跡《あしあと》を追う。

これがアメリの足跡《あしあと》だってことはわかるけれど、あの赤いのが木の血なのか、アメリの血もまじっているのかはわからない。あたしはどんどん早足になっていき、しまいには走っていた。ここはむしむししていて、クウェートの乾《かわ》いた空気とはちがった暑さがある。走りだしてからほとんど時間がたたないうちに、汗《あせ》をかきはじめた。

すると、目の前に白いマシュマロの門があらわれた。アメリの足跡《あしあと》は、そこから玄関《げんかん》の前の上《あ》がり段《だん》までつづき、ドアの手前で消えている。門を開けようと手をのばすと、掛《か》け金《がね》がポキンと折れてしまった。雨でマシュマロの扉《とびら》がとけてきていて、べたべたした水たまりができている。

急に、おなかがすいてきた。猛烈《もうれつ》にすいた。玄関前《げんかんまえ》の上《あ》がり段《だん》もジンジャーブレッドでできている。あたしは踏《ふ》み板《いた》を一枚《まい》引きはがし、アイシングをちょっとつけて、食べる。

ひと口食べるごとに、どんどんおなかがすいていく。魔女《まじょ》にたのんで、もっともらって、もっと食べたい。花は砂糖菓子《さとうがし》で、落ち葉はポテトチップス。乾《かわ》いてぽろぽろになったチョコレートの泥《どろ》は、クランブルケーキ（注・小麦粉《こむぎこ》、砂糖《さとう》、バターなどをまぜてそぼろ状《じょう》にした生地《きじ》を、フルーツなどの上にトッピングして焼いたデザート）みたいだ。あっというまに両手《りょうて》がお菓子《かし》まみれになって、べたべたになる……。

そのとき気がついた。どういうわけか、食べて、食べて、永遠《えいえん》に食べつづけるよう誘惑《ゆうわく》されている。三匹《びき》のホタルが引っかいて、引っかいて、ずっと引っかきつづけるのと同じだ。でもほかにもっと、やらなければならない大切なことがある。アメリを助けて、ハグストーンと蹄鉄《ていてつ》とカギを手に入れて、この冒険《ぼうけん》を永遠《えいえん》に終わらせるんだ。

あたしは、音を立てないよう靴《くつ》をぬぐと、ぬれた草の上をしのび足で歩く。ソックスに水がしみこんできて、足がひんやりとする。上《あ》がり段《だん》を進み、玄関《げんかん》のドアをそっと開けると、キッチンから魔女《まじょ》のハミングが聞こえてきた。アリの行進の歌だ。さっき、あたしがうたっていた歌。

キッチンに足《あし》を踏《ふ》みいれたとたん、外ではあんなにおなかがすいていたのに、うそみたいに魔法《まほう》がとけた。アメリがあめ細工のかごに閉《と》じこめられて、ちぢこまっている。部屋のすみでは、スープの素《もと》と薬草の入った鍋《なべ》がグツグツいっていて、魔女《まじょ》はナイフや、なんだかわからない、とがったものを調理台にならべている。ならべおわると、そのうちの一本を研《と》ぎはじめた。金属《きんぞく》のぶつかりあう音が、すごくいやな感じ。

天井《てんじょう》からは、フックで、いろいろなものがつるされている。四葉のクローバー、太陽の光を受けてたくさんの虹《にじ》を作りだすサンキャッチャー、イービル・アイ（注・悪魔《あくま》の目をはらいのけ、災《わざわ》いから身を守るためのお守り）。どれも幸運のシンボルであり、魔《ま》よけだ。ひとつ、あいているフックは、見るからにウサギの足をかけるのにちょうどよさそう。今すぐ行動しなくちゃ。とりかえしのつかないことになるまえに。

あたしは、できるだけそっとキッチンに入っていくと、塩をとりだして、アメリのかごのまわりに円を描《えが》くように、ふりかけた。ぱぱっとやったので、魔女《まじょ》がふりむいたときには、塩をバッグにしまっているところだった。

魔女《まじょ》は、あたしとアメリの間の塩の輪に目をやると、研《と》いでいたナイフを調理台に置き、笑って、笑って、笑いつづける。

32

この反応《はんのう》は予想外だ。あっけにとられて、来るまえに用意してきた言葉が口からうまく出てこない。それに、ほかにもいろいろ気になることがある。たとえば、魔女《まじょ》がよく知っている顔だということ。どういうわけか、あたしをおばあさんにしたみたいな顔なのだ。

あたしは、つっかえながら話す。

「あの、きまりは……ちゃんと守らないと……ですよね？」

そんなつもりはなかったのに、質問《しつもん》になってしまった。

あたしはこれまで、三匹《びき》のホタルのやり方をずっと見てきて、この森には暗黙《あんもく》のきまりがあると気づいた。ここでは、とにかくミッションをやりとげることが大切なのだ。木をノックするようにいわれたときもそうだったけど、最後までやれば、森から出してもらえる。

だから、今日もあたしは——。

「いわれたとおり、白いウサギを連れてきました」

だんだん堂々《どうどう》としてきた。サマースクールの授業《じゅぎょう》のとき、みんなの前でおとぎ話の法則《ほうそく》やおやくそくについて説明していたルビーを思い出したからだ。

「でもあなたは、なんのために白いウサギが必要なのか、いいませんでしたよね？　だから……だから、ちゃんと連れてきましたけど、さわらせるつもりはありません。さわれないように、もう塩で囲《かこ》みました。それに、このウサギはあげませんよ。あとで、ちゃんとかえしてもらいますから」

魔女《まじょ》の目――それとも、これはあたし自身の目？――は、きらきら輝《かがや》いていて、ほこらしげにも見える。あたしは、ルビーみたいにうまく言葉にすることはできないかもしれない。でも、自分の考えはきちんとあるし、伝える価値《かち》もあるんだ。

魔女《まじょ》がナイフをまた手に持って、ゆっくりと近づいてくる。あたしは自分を守らなければならなくなったときのために、塩をぐいと前につきだして、このまじないをパンチでしあげるために、かまえる。

でも魔女《まじょ》は、とつぜんぴたっととまり、右の手のひらを上にして、さしだしてきた。

そこにのっているのは、ただの石……ちがう、大きな穴《あな》がぽっかりあいている……。

ハグストーンだ。

おなかの中が、ぐるぐるまわりだす。うまくいった！

ついにやった。やっと冒険《ぼうけん》が終わるんだ。あとは、このハグストーンをオオカミにわたして、蹄鉄《ていてつ》をもらって、その蹄鉄《ていてつ》を首なし騎士《きし》にわたして、カギをもらうだけ。カギさえホタルにわたしてしまえば、今度こそきっと、あたしを自由にして、ほうっておいてくれる。そうすれば、アメリもだいじょうぶだし、心の奥底《おくそこ》にひそむ最悪の恐《おそ》れが現実《げんじつ》になることもない。それに、そのあとなにがあろうと、向きあえるはず。だって、ひとりじゃないから。あたしには、ルビーとオーバさんがいるんだから。

かごの中のアメリを見ると、怖《こわ》くてかたまっているみたい。でも、塩の輪が守ってくれるから、ここにいるのがいちばん安全だろう。

「またもどってきます」という。「やくそくします」

あたしがハグストーンを手にとると、魔女《まじょ》はただそこに立って、じっと見てくる。

「さあ、ほら」ずっと、ほほえみを浮《う》かべている。「穴《あな》をのぞいてごらん」

あたしは、なにが見えるのかわからないまま、ハグストーンの穴《あな》をのぞきこむ。息がとまりそうになった。そこに立っているはずの魔女《まじょ》が、どこにもいない。かわりに見えるのは、部屋を飛びまわる一匹《ぴき》のホタルだけ。ハグストーンをずらすと、また魔女《まじょ》があらわれた。きらきらした黒いその目は、ホタルの体を思わせる。

最初からずっと、あのホタルだったんだ。あの三匹《びき》が、魔女《まじょ》で、オオカミで、首なし騎《き》士《し》なんだ。

バリバリ、ドーンッと雷《かみなり》が落ちて、アメリが悲鳴をあげる。ここに置いていくなんて、本当にかわいそうだけど、でも、あとほんの少しで冒険《ぼうけん》が終わる。オオカミと首なし騎《き》士《し》だけ見つけたら、すぐにアメリのところにもどってこよう。

あたしは急いで魔女《まじょ》の家を出た。怖《こわ》いというよりも、わくわくしている。でも、また森を歩いているうちに、なにかしっくりこないと思いはじめた。なにかがぜったいおかしい、おかしい、おかしい。でも考えているひまはない。早くオオカミのところに行かなくちゃ。

雨が降《ふ》りだした。といっても、小雨だ。森をずんずん進んで、オオカミの洞穴《ほらあな》にたどりつけるよう、木が協力してくれる。おどるように、左に右にとゆれている。近くで見ると、どっちへ行けばいいか枝《えだ》が指《さ》し示《しめ》しているのがわかる。風が泣きさけぶように吹《ふ》いている。それともこれは、木の声？　すべての音がひとつにまじりあっていて、どちらなのかわからない。

あたしは、ちょっと立ちどまって、ポケットからハグストーンをとりだす。オオカミにわたしてしまったら、もうこの森の正体を見ることはできない。だから、ハグストーンの穴《あな》をのぞきこんで、まわりの様子をよく観察する。

そこには、これまでとはちがう〈ホタルの森〉があった。『白雪姫《しらゆきひめ》』の森とも、ルビーが二回目の授業《じゅぎょう》のとき話していた森ともちがう。木は、あたしの心を守ろうとする力だった。木が流している血は、あたしの心の中の暗い影《かげ》——自分が悪いんだと責《せ》める気持ち、心配、不安。それがぜんぶひとつにまとまって、吹《ふ》きだしているのだ。だから、木は泣きさけんでいる。これまでずっと木が助けてくれたのは、あたしの心を守るためだったんだ。冒険《ぼうけん》が大きく、恐《おそ》ろしくなっていくにつれ、木も大きくなって、あたしの中にはホタルとたたかう強さがあることを示《しめ》してくれた。その強さに自分では気づかないこともあるけれど。この森では、あたしの感じていることがぜんぶ、にじみでたり、ほとばしったりと、自由に外に出てくる。もしかしたらふだんの世界でも、自分の気持ちをかくさず表に出さないと、ホタルがもどってくるのをとめることはできないのかもしれない。

それからずっと、あたしはハグストーンの穴《あな》をのぞきながら歩いた。自分の心の中をのぞきこみ、心の奥底《おくそこ》にうめて、かくしていた疑《うたが》う気持ちや、不安や、心配をほりおこしていく。血となって、木からもれでているものを。

パパは、自分が両親にされたのと同じように、あたしをすてたの？——ちがう。

オーバさんは、あたしが問題ばかり起こしているから、家に住まわせなければよかったって後悔《こうかい》しているの？——ちがう。

ルビーは、あたしがかわいそうだから、友だちになってくれただけなの？——ちがう。

あたしの気持ちが、ぜんぶ〈ホタルの森〉の地面にこぼれる。いつしか、泣きさけぶ声は消え、またささやき声がする。

「ハグストーン。ハグストーン。ハグストーン」

ホタルが、あたしに思い出させる。

そうだ、アメリが魔女《まじょ》の家で、ルビーがあたしの部屋で、待っている。あたしは走りだす。森の地面の下にある木の心臓《しんぞう》がドクドクいい、それにあわせて、足がタッタッタッタッと地面をける。

33

遠くに灯台のように光るカタツムリの殻《から》が見えた。洞穴《ほらあな》までもうすぐだ。あたしをのみこみたくてうずうずしている飢《う》えた目のオオカミから、巨大《きょだい》なカタツムリの殻《から》が、きっとまた守ってくれる。

ハグストーンの穴《あな》をのぞくと、一匹《ぴき》のホタルが洞穴《ほらあな》から出てきて、すーっと飛んで、すぐ目の前の岩におりたった。のぞくのをやめると、オオカミがそこにいた。目をぎらぎらさせ、よだれをたらしている。一歩、また一歩と近づいてくるたびに、地響《じひび》きがする。

でも、カタツムリの殻《から》の手前で、立ちどまった。

「魔女《まじょ》の家に行ってきたようだな」

どこからともなく声が聞こえる。ホタルがささやいているような声だ。

「おまえにも、じきにわかるだろう。魔女《まじょ》が家に魔《ま》よけをいくつも置いているわけが」

どういうことだろう？　ふと、あるおとぎ話を思い出した。『赤ずきんちゃん』。あの話では、森の小さな家に、おばあさんがひとりで住んでいて、そのおばあさんをオオカミが丸のみする。それから、ホタルが共食いをすることも思い出した。でも、それらがいったいなにを意味するのか、よくわからない。わかっているのは、この森が、めちゃくちゃに思えるきまりでいっぱいだってこと。そういえば、あたし、そのきまりにがんじがらめにされていて、ぬけだす方法がわからなくなっている……。

クモの巣《す》にかかっているのといっしょだ。すごくべたべたしていて、にげられない。

「じゃあ、首なし騎士《きし》のことは？」あたしはきく。「どうして食べようとしないんですか？」

オオカミが笑いだす。ちょうど魔女《まじょ》と同じように、かすれたせきみたいな笑い声だ。あたしは心配になってきた。いつだって一歩おくれている。いつだって、あたしだけ知らないことがある。

「首なし騎士《きし》は、おれの頭をねらうはずだ」オオカミがいう。「おれがなぜ、ここにすんでいると思う？　こんな沼地《ぬまち》に。やつの馬が、わたってこられないからだ。ぬかるみにはまりこんで、ぬけられなくなるのを恐《おそ》れているのさ。おまえは、おれたちがそろってむかえにきたから、ひとつの存在《そんざい》だと思っているのだろう。だが、そう考えているうちはまだ、この場所について知るべきことがたっぷりあるということだ」

これがなにかのヒントなのか、警告《けいこく》なのか、わからない。でも、もう一秒だってオオカミと話していたくなんかない。その毛にこびりついた死のにおいのせいで、近くにいるだけで、のどがひりひりする。

あたしは三歩前に進んで、距離《きょり》をつめる。カタツムリの殻《から》はすぐ後ろにあって、必要ならいつでもにげこめる。でも今は、にげたくない。片手《かたて》で青い吸入器《きゅうにゅうき》をにぎったまま、反対の手でハグストーンをさしだす。

オオカミが、飛びかかろうとするように、かがむ。鼻の大きさは、あたしの手のひらくらいある。鼻面《はなづら》の長さは、うでくらい。一瞬《いっしゅん》、恐《おそ》ろしいまちがいをしてしまったのかと思った。でも、そうじゃない。オオカミは頭をさげているのだ。そこにハグストーンを置けということだろう。

あたしがそのとおりにすると、オオカミは、ぬかるみから前足をどかした。すると、真鍮《しんちゅう》の蹄鉄《ていてつ》があらわれた。オオカミはそのまま、なにもいわずに歩きさった。

オオカミが襲《おそ》ってこなくて、ほっとしたし、すごくおどろいた。でも、こんなのおかしい。本当に安心してだいじょうぶなのかな？

やっぱり気になる。ハグストーンが手に入って、用済《ようず》みになったあたしをオオカミが生かしておく理由ってなんだろう？

この森では、あたしがミッションをやりとげさえすれば、それでいいというきまりだから？　でも、きっとそれだけじゃない。あの三匹《びき》のホタルは、あたしを必要としている。あたしのほうが三匹《びき》を生かして、その望みをかなえているんだ。蹄鉄《ていてつ》をにぎりしめて、オオカミの縄張《なわば》りをあとにしながら、自分が本当にやるべきことはなんなのか、わからなくなってきた……。

〈ホタルの森〉は、しんと静まりかえっていた。あたしは立ちどまって、次になにをしたらいいのか考える。最初に魔女《まじょ》の家、次にオオカミの洞穴《ほらあな》に行った。でも、首なし騎士《きし》がどこにすんでいるのかは知らない。森の中で会ったことがあるだけだから。

首なし騎士《きし》なら、どこをすみかにするだろう？　と頭をしぼる。そして、ルビーが〈黒い森〉についていっていたことを思い出す。首なし騎士《きし》は湖の底《そこ》にすんでいるという話だった。でも、この森のいったいどこに、湖があるっていうの？

考えろ、あたし。考えるんだ！

こういう、パズルのピースをはめるように、わけのわからない点と点をつないでいくことは、いつもルビーに助けてもらっていたからな……。でも今、ルビーのところにもどることはできない。ミッションを終えるまで、〈ホタルの森〉は吐《は》きだしてくれないから。もっと早く、助けてっていえばよかった。オーバさんが瓶《びん》のことを話してくれたときに、ホタルのことをいえばよかったんだ。オーバさんなら、三匹《びき》を追いはらう方法がわかったかもしれないのに……。

へなへなと座《すわ》りこむあたしを、木の枝《えだ》が抱《だ》きあげて、やさしくゆらす。まるで、ゆりかごの中の赤ちゃんだ。あたしは、イギリスに来た最初の晩《ばん》にやったのと同じことをする。これまでの日々を巻《ま》きもどして、なにもかもなかったことにしていく。

サマースクールでのことを巻《ま》きもどして、ルビーと友だちになるまえにもどる。でも、そんなの考えただけでも悲しい。いいことをなしにするくらいなら、つらい目にあったほうがましだ。

アメリがかじってしまったぬすんだリンゴのことも巻《ま》きもどす。そもそも、あたしがなにもぬすんだりしなければ、今、こんなことになっていなかったのに。

空港からオーバさんの家までのドライブを巻《ま》きもどそうとしたときだ。脳《のう》が記憶《きおく》を一時停止《ていし》した。はじめてオーバさんの家に着いたとき、暗くてもわかることが、ひとつだけあった。どこかで水が流れていることだ。オーバさんの庭をずっと進んでいくと、小さな池がある。そして、この森の魔女《まじょ》の家は、オーバさんの家と不思議なほどよくにている。たぶん、たぶんだけど、あの池に首なし騎士《きし》はすんでいるのかも。そして池は、この森ではなんでもそうだけど、とても大きいはずだ。

あたしは、またかけだした。魔女《まじょ》の家への道しるべになったキノコを、もう一度たどっていく。雷《かみなり》と稲妻《いなずま》が追いかけてきて、一歩ごとに、バリバリッととどろき、ぴかっと光る。魔女《まじょ》の家に着くと、今度は、こっそり横にまわり、庭の奥《おく》に入っていく。オーバさんの庭よりも大きい。それに、ずっとあらあらしい。花がこっちにのびてくるけれど、あたしを助けるつもりはないみたい。それどころか丸のみし、肉と骨《ほね》を食べつくしてエネルギーに変え、もっと大きくなろうとしているようだ。つぼみのかわりに歯が、とげのかわりに爪《つめ》がある。まさに命取りの美しさ。あたしは、あまい香りにさそわれて、顔を近づけそうになる……。

そのとき、水が勢いよく流れる音が聞こえた。オーバさんの庭では池がある場所に、この〈ホタルの森〉では巨大《きょだい》な湖があった。水は澄《す》みきっている。のぞきこむと、水底《みなそこ》深くにレンガでできたトンネルの迷路《めいろ》があって、真ん中のお城《しろ》に通じている。お城《しろ》の四隅《よすみ》には、小さな塔《とう》。首なし騎士《きし》は、きっとあのお城《しろ》にいる。でも、あそこまでどうやっておりていけばいいんだろう？

泳ぎはあまり得意《とくい》じゃないけれど、とにかくトンネルの入り口まで行こう。そうすれば、なんとかなるよね？　まっすぐ泳いで、おりていく。でも、息はどうするの？

あれこれ考えていたせいで、後ろから影《かげ》が近づいてきていることに、すぐには気づかなかった。ふりかえったときには、もうおそい。巨大《きょだい》なカエルが、大きく口を開けていた。グワーッと、あたしのおなかの音みたいな声で、ひと鳴きする。

カエルがぱくりとやって、あたしをのみこむと、あとは真《ま》っ暗闇《くらやみ》となった。

34

カエルのおなかの中は暗くて、べとべとしている。

口の中に入れられたときは、かまれるのかと思った。カエルに歯があればだけど。でも、かまれるかわりに、ゴロンゴロン、ビシャビシャが待っていた。ドラム式洗濯機《せんたくき》に閉《と》じこめられて、ぐるぐる、ぐるぐる、ぐるぐるまわされているような感じ。

まえに一度、ジェットコースターに乗ったことがあるけど、それに少しにている。あのときも、乗り物の動きにあわせて、おなかの中がふわっとなったり、ぐるっとなったりして、あたしは秒数をかぞえながら、早く終わりますようにと祈《いの》ったっけ。そんなことを思い出していると、ふいにカエルが、ジェットコースターのように、ぴたっととまった。あたしは、べとべとしたものにまみれて、次はなにが起きるんだろうと待つ。

カエルがグワーッと鳴く。頭にガンガン響《ひび》いて、鐘《かね》の中にいるみたい。暑いし、気分が悪くなってきた。早く終わってほしい……。

すると、カエルが口を開けて、あたしを吐《は》きだした。

冷たくて、しめっていて、かたいものの上に、あたしはおりたった。目を開けると、暗いトンネルの中だった。レンガの壁《かべ》から、水がポタポタたれている。両側の壁《かべ》にそって、火のともったたいまつがかけてあり、ちょうど中世の古いお城《しろ》のようだ。右手に小さな窓《まど》がある。のぞいてみると、森が消えている……。

水底《みなそこ》にいるんだ。湖のほとりからのぞきこんだ、お城《しろ》のトンネルの中だ。窓《まど》の向こうで、低木や植物がゆれている。水もゆらゆらしていて、なにもかもがぼんやりとして見える。さっきからポタポタ、ポタポタ、ポタポタいっている水は、壁《かべ》の小さなひび割《わ》れからたれているんだ。ときどきトンネルが、水の重みにおしつぶされそうだとうめくように、ギシギシいっている。その音を聞くたびに、背筋《せすじ》がぞくぞくする。トンネルがくずれおちたら、どうなるの？

そのとき、グワーッと聞こえて、カエルがまだ岸にいるのに気づいた。じっと座《すわ》って、あたしを見つめている。敵《てき》じゃない、味方だと直感でわかった。カタツムリの殻《から》みたいに、まえに森で落としてしまったお守りかな？　卵《たまご》からかえったカエルなのかもしれない。あのとき木があたしをつまずかせたのは、お守りを森に置いていかせるためでもあったんだろう。それが大きくなって、あたしを助けてくれるように。

カエルは、オオカミみたいに言葉を話さないけれど、あたしの帰りをきっと待っている。

トンネルには、きまった間隔《かんかく》で窓《まど》があって、湖の底《そこ》を見ることができる。あたしは、迷《めい》路《ろ》の曲がり角に来るたびに、どっちへ行けばいいのかわからなくなっていて、その間にも、水がポタポタ、ポタポタ、ポタポタ、一定のリズムでたれてくる。

森とちがって、ここにはたどっていけるものがない。道を教えてくれるものがなにもないのだ。血の跡《あと》も、キノコも、足跡《あしあと》も。トンネルがギシギシうめく以外、音らしい音はなく、気味が悪いくらい静かだ。もうだめかもしれない……。首なし騎士《きし》のところに行くことも、カエルのところにもどることも、できっこない。永遠《えいえん》にここに閉《と》じこめられて、一生トンネルの中をさまよいつづけることになるんだ。きっと、ママとパパはイギリスに来ても、あたしがどこにもいなくて心配するだろう。それとも、心配なんてしない？　もしかしたら、それが冒険《ぼうけん》に失敗するということなのかも……。ルビーもあたしをわすれて、中学校に進むだろう。でもオーバさんは、待っていてくれる気がする。オーバさんなら、なにがあったのかわかるだろう。あたしは心の奥底《おくそこ》で、そう思っている。オーバさんなら、わかって、自分を責《せ》めるだろうって。

ちがう、だめなんかじゃない。あたしは思いなおして、歯を食いしばる。入り口は、きっとすぐそこだ。それにそうだ、アメリが待っている。まだ閉《と》じこめられたままだ。きっと怖《こわ》い思いをしているはず。

あたしは、小さいころよくうたっていたあの歌を口ずさむ。心を落ちつかせたいときにうたう歌だ。

アリの行進だ
フレー、フレー
一匹《ぴき》ずつゆく
フレー、フレー
アリの行進だ
おちびとまり、指しゃぶり
ほら急げ、雨だぞ、進め
地下へもぐれ
タン、タン、タン

そのとき、壁《かべ》の水が、この歌のリズムにあわせてポタポタたれていることに気づいた。道を教えてくれている！

あたしは、トンネルが交差しているところに来るたびに立ちどまって、それぞれのトンネルに順番に耳を澄《す》ます。その間もずっと、小さな声でうたいつづける。

アリの行進だ
フレー、フレー
左。
一匹《ぴき》ずつゆく
フレー、フレー
右。
アリの行進だ
おちびとまり、指しゃぶり
まっすぐ。
ほら急げ、雨だぞ、進め

地下へもぐれ

タン、タン、タン

あたしは、巨大《きょだい》な扉《とびら》の前で立ちどまった。取っ手に手をのばすと、おしてもいないのに、扉《とびら》がひとりでに開く。そこに、首なし騎士《きし》はいた。部屋の真ん中で、馬の背《せ》にまたがっている。でも、ただの像《ぞう》だ。部屋の壁《かべ》と同じ石でできた像《ぞう》。

あたしは、そばまで行ってみることにした。一歩歩くたびに足音が響《ひび》く。首なし騎士《きし》と馬のすぐ前まで来て、とまる。どちらも動かない。でも、馬の片方《かたほう》の前足があがっている。蹄鉄《ていてつ》を待っているようだ。だから、ポケットからとりだして、つけてやる。

なにもかもが静止した、静寂《せいじゃく》な時が、ほんの一瞬《いっしゅん》流れる。すると、とつぜん馬が後ろ足で立ちあがった。肉体をふたたびとりもどしたのだ。このままだと、馬の前足があたしの胸《むね》を直撃《ちょくげき》して、部屋の反対側まで飛ばされてしまう。そう思って、さっとよけると、馬は床《ゆか》にドンッと足をおろした。ひづめの音が、あたしの足音よりもずっと大きく響《ひび》きわたり、思わず耳をふさぐ。

そこへ、ひづめの音にいどむように、別の音が重なった。ギシギシギシギシッという、すさまじい音だ。天井《てんじょう》から石が落ちてきて、馬から数センチのところを打ちつける。おどろいた馬が悲鳴をあげる。それでも、首なし騎士《きし》はなにもいわないし、まるで動かない。次の瞬間《しゅんかん》、興奮《こうふん》した馬がかけだすと、首なし騎士《きし》は手綱《たづな》をしっかりとった。そのまま扉《とびら》からトンネルに出ていく。それと入れかわりに、大量の水がどっとおしよせてきた。またたくまに、部屋が水にしずんでいく。

馬が立っていた場所には、カギがのこされていた。スケルトンキーだ。それが骨《ほね》を彫《ほ》って作ったカギじゃなく、どこでも開けられるマスターキーのことだってことは、ルビーから聞いたので、もう知っている。

あたしは、カギをひろって、ポケットの吸入器《きゅうにゅうき》のとなりにしまう。

にげろ！　と頭の中で声がする。

さっき馬のひづめが床《ゆか》をはげしく打ったときの振動《しんどう》で、お城《しろ》の壁《かべ》がどんどんくずれおちてきて、湖の水が勢《いきお》いよく流れこんでくる。ここから出なくちゃ。今すぐに。

あたしは水の中を歩きだした。足をはやく動かそうとするのに、水の力がそれをじゃまする。カエルのまねをしてぴょんぴょんやってもみたけれど、あたしの手足では、うまくいかない。

それでもどうにかこうにか部屋から出て、トンネルにたどりついた。ここから先は泳がないとだめだ。少しははやく進めるようになったけれど、それでも、まだまだおそい。首なし騎士《きし》と馬は、もういなくなっている。のこっているのは、あたしだけだ。

まわりの壁《かべ》がくずれてくる中、あたしは泳いで、泳いで、泳ぎつづける。

しばらくして、パッと息を吸《す》いこんだ直後、トンネルが完全に水でいっぱいになった。水の中で、帰り道を思い出そうとする。

そのときだ。カエルが、こっちに向かって泳いできた。大きく口を開けている。その口をめがけ、あたしはまっすぐ泳いでいって、すっと中に入った。

岸にあがるなり、ゲホゲホせきこむ。水が口から、鼻から、耳から入りこんでいた。くしゃみもとまらず、やっと落ちついて目を開けたときには、カエルは消えていた。かわりに、頭の上を三匹《びき》のホタルが飛んでいる。

首なし騎士《きし》は、無事脱出《だっしゅつ》したってことだ。なんだか、ちょっとがっかり。ホタルは、もうあらわれないだろうって思ってたのに。あたしをほうっておいてくれるだろうって。なのに、またいつものひそひそ声が聞こえる。

「よくやった。よくやった。よくやった」三匹《びき》がほめている。「カギをとってきたな」

あたしは、ほっとため息をつく。これで自由だ。やっと、ぜんぶ終わる……。でも、そうはならなかった。ホタルが、いったのだ。

「次は、眠《ねむ》れるドラゴンの巣《す》を見つけろ。そのカギで、やつの宝箱《たからばこ》を開けるんだ」

ってことは、この冒険《ぼうけん》は終わってなんかいない。はじまったばかりってことだ。

あたしは返事をしない。

ホタルが、また話しだす。

「どうした？　おまえは、ぬすむのが好きだと思ったが」

おどされている気がする。

「もうリンゴでは、ものたりないだろう？　そのカギがあれば、もっとたくさんのものをぬすめるぞ……宝《たから》をぬすんでくれれば、ほうびを――」

「やだ！」話をさえぎり、とうとう、あたしはいった。「やだ！　やだ！　やだ！」

「さからえば、どうなるかわかっているだろう？」ホタルがいう。「どこまでも追っていくぞ。うんというまでな。おとなしく、いうことを聞くんだ。さもないと、おまえの心の奥底《おくそこ》にひそむ最悪の恐《おそ》れが、現実《げんじつ》になるぞ。両親にすてられ、大おばとふたりきりで暮《く》らすことになる。それでもいいのか？」

最悪の恐《おそ》れを三匹《びき》の口からまた聞かされて、ぎょっとした。パニックになりそう。でも、おたがいをのみこむホタルとは、あたしはちがう。パニックになんて、のみこまれたりしない。落ちついて。ぜったい負けないって、決心するんだ。

これまで、〈ホタルの森〉のきまりはぜんぶ、かたっぱしから、ちゃんと守ってきた。なのに、冒険《ぼうけん》はちっとも終わらない。なにがいけないんだろう？

もしかしたら、大事なのは、きまりを守ることじゃないのかもしれない――また声が聞こえる。ホタルじゃない。あたしの声だ。

もしかしたら、大事なのは、きまりをやぶることなのかも。

ホタルのいうことを聞いて、命令どおりにする必要なんてないんだ。このままだと、あたしはいつまでたっても、自分の物語を自分できめられない。どんな結果になったって、自分できめなくちゃ。今まで、こんなに怖《こわ》くてたまらなかったことはない。でも、冒険《ぼうけん》を終わらせたいなら、立ちむかわないと。にげちゃだめだ。

目の前には、魔女《まじょ》の家のドアがある。中にはアメリがいる。あたしは手のひらのカギを、ぎゅっとにぎりしめた。

35

一歩、一歩、また一歩と踏《ふ》みしめて、魔《ま》女《じょ》の家の開いたドアに近づいていく。無事に中に入ってはじめて、外をふりかえった。三匹《びき》のホタルが、そのままのすがたであれ、魔《ま》女《じょ》と首なし騎《き》士《し》とオオカミのすがたであれ、追いかけてきていると思っていた。でも、ふいに煙《けむり》のにおいがして、はっとする。次の瞬間《しゅんかん》、恐《おそ》ろしい光景《こうけい》が目に飛びこんできた。

雨はやんでいた。森は、さっきまでぬれていたのに、どこもかしこも、もうすっかり乾《かわ》いている。ホタルはいなくなっていた。かわりに、森に火をつけていった。炎《ほのお》が木の根をゆっくりとなめ、幹《みき》をはいあがっていく。木がいっせいに金切り声をあげ、そのかん高い悲鳴のせいで、歯が、骨《ほね》が、ずきずきしだす。木の痛《いた》みが、苦しみが、まるで自分のことのように感じられる。

森の木は、あたし自身を守る力だ。ホタルは、それを焼きつくし、あたしをこらしめようとしている。木が燃《も》え、炎《ほのお》が魔《ま》女《じょ》の家にじりじりとせまってくるのを、あたしは少しの間、ぼうぜんと見つめていた。

すると、心の奥底《おくそこ》におしかくそうとしてきた気持ちがぜんぶ、木から吹《ふ》きだす真っ赤な樹液《じゅえき》のように、一気にあふれだした。怖《こわ》い！　いらいらする！　腹《はら》が立つ！

ときどき、もうだめだって思うことがある。ちょうど今みたいに。でも、オーバさんがいってたよね？　そういう気持ちになることが、オーバさんもあるって。だけど風邪《かぜ》といっしょで、ひどくなっていって、それから、よくなっていくものなんだって。オーバさんは、あきらめずにがんばってるし、たたかいつづけている。だから、あたしもおんなじようにしなくちゃ。まずは、アメリを助けよう。

アメリは、ちゃんと魔女《まじょ》の家にいた。あめ細工のかごのすみで、ちぢこまっている。あたしはかごをこわして開けると、アメリを抱《だ》きあげて、赤ちゃんみたいにやさしくゆらす。炎《ほのお》が燃《も》えさかり、木が悲鳴をあげている。あたしたちは、閉《と》じこめられてしまった。お菓《か》子《し》が家をぐるりと囲《かこ》み、飢《う》えた動物のように窓《まど》をなめている。あたりにただようこげたお菓子のにおいで、あたしは胸《むね》がむかむかしてきて、むせかえった。うまく息ができなくなったので、病院の先生にいわれたとおり、青い吸入器《きゅうにゅうき》で薬を二回吸《す》いこんで、落ちつく。

森が死んでいく中、あたしはアメリを抱《だ》いてしゃがみこみ、背中《せなか》を丸めていた。どのくらい時間がたったのか、わからない。たぶん、森は完全にとけてなくなるだろう。いつも、冒険《ぼうけん》を終えると、そうだから。あたしは家に帰っていて、ベッドで目をさますはず。それとも、永遠《えいえん》にここから出られないのかな？　ホタルの警告《けいこく》どおり。今、あの三匹《びき》に引っかかれているわけでもないのに、引きよせられている気がしてならない……。

　すると、ホタルの声がもう一度聞こえた。

「まだまにあうぞ。まだまにあうぞ。まだまにあうぞ」

　重なりあう三匹《びき》の声は、燃《も》えさかる炎《ほのお》の熱を一瞬《いっしゅん》で冷ます氷のようだ。そしてつづける。

「ウサギをわたせば、おまえを家に帰してやろう。両親に会えるぞ。帰ったら、また次の冒険《ぼうけん》のはじまりだ」

「そんなこと、できない。だって、オーバさんはどうなるの？　アメリがいなくなったら、どんなに悲しむか、わからない？」

　ホタルは答えない。答えるわけがない。三匹《びき》には、どうでもいいことだから。自分たちのほしいものを手に入れること。ホタルの世界では、それがすべてだ。

「もう一度だけ、チャンスをやろう。もう一度だけ、チャンスをやろう。いうことを聞くか？　いうことを聞くか？　いうことを聞くか？」

だんまりをきめこんでいた三匹《びき》が、またいう。

あたしはただ、ふわふわのアメリをぎゅっと抱《だ》きしめる。うでの中で、アメリが体をふるわせながら、丸くなる。そうしていると安心するみたいに。もしかしたら、ホタルがいったとおりになるかもしれない。今、いうことを聞かないと、あたしもパパとママにすてられちゃうかもしれない。パパが両親にすてられたみたいに。もしかしたら、炎《ほのお》に焼かれるこの森から永遠《えいえん》に出られないかもしれない。でもだからって、これ以上いいなりになるわけにはいかない。こんなの、もうたくさん。

「やだ……」

やっとのことで、口にした。のどがぎゅっとなって、息ができない。ぜんそくのせいじゃない。パニックだ。そのせいで、かためたはずの決心が、とけていく。どうしよう、どうしたらいいの？　ひとりぼっちだし、なにをすればいいのか、ぜんぜんわからない。とりあえず、自分と大好きな人たちに、ちかうことからはじめてみる。もしここから出られたら、ぜったいに――。

パパとママに、三匹《びき》のホタルのことをかくさず、ぜんぶ話します。

ルビーの親友として、たくさん助けてもらった分、たくさん助けます。

オーバさんが化け物とさよならできるように、手伝います。
すると、すぐにテントウムシが飛んできて、ひざにとまった。新しい歌が、ゆっくりと頭に入りこんでくる。いつもうたっていたアリの歌のようなものだけれど、今度はマザーグースだ。

テントウムシ、テントウムシ、飛んで帰れ
うちが火事だよ、子どもらにげたよ

オーバさんが、いっていた。テントウムシが体にとまったら、ねがいごとをしなさいって。だから、いっしょに連れていって、とおねがいした。ここから連れだして。アメリといっしょに、もとの場所に帰してください、と。

テントウムシ、テントウムシ、飛んで帰れ
うちが火事だよ、子どもらにげたよ

大声でうたう。煙《けむり》にむせながら。そのうちに、テントウムシが、ひざから飛びたった。魔女《まじょ》の家の二階へ飛んでいき、壁《かべ》の穴《あな》を通りぬけようとしている。ジンジャーブレッドの壁《かべ》は、鋭《するど》い牙《きば》のような歯でかじられたらしく、くずれかかっている。

テントウムシ、テントウムシ、飛んで帰れ
うちが火事だよ、子どもらにげたよ

とうとう、テントウムシが穴《あな》に消えた。あたしは、アリの行列のあとを、そして三匹《びき》のホタルのあとを追ったように、今度は幸運のテントウムシのあとを追う。どうか家に帰れますようにと祈《いの》りながら。

36

ベッドの下からはいでてくると、夜明けが近かった。もうすぐ日がのぼる。ルビーはというと、床《ゆか》の上の何時間もまえに別れた場所で、うたた寝《ね》をしている。アメリがルビーの横をすりぬけて部屋のドアの前に行き、外に出してほしくてカリカリやりだすと、ルビーはうっすらと目を開けた。そして、ベッドの下から出てきたあたしが立ちあがって、アメリのあとを追うのを見るなり、ぎゅーっと抱《だ》きしめてきた。とびっきりあったかいハグ。ルビーの髪《かみ》が毛布《もうふ》みたいにあたしを包んで、安心させてくれる。

「生きててくれてよかったぁ」

ルビーがいう。あのカエルみたいに、しゃがれた声だ。

「これで、わたしがヘイゼルのことをやっつけられる！　もうぜったい、ぜーったい、こんなことしないってやくそくしてよね」

あたしたちは、しばらくケラケラ笑いあった。そのやくそくを守ることはできないと、ふたりともわかっているけれど。ルビーもあたしも、〈ホタルの森〉のことはまだ口にしない。今はただ、ゆっくり眠《ねむ》りたい。

ベッドでいっしょに猫《ねこ》みたいに丸くなって寝《ね》ていると、オーバさんが下で呼《よ》ぶ声がした。朝のごちそうができたわよ、といっている。下におりていくと、フルーツとシロップとクリームがたっぷりのフレンチトーストが待っていた。

ルビーは朝食のあとすぐに帰った。午後にまた来て、おとぎ話を完成させることになっている。あとは結末だけだけれど、なにを書くかはもうきまっている。あの森で、あたしが切りぬけたことだ。ルビーに早く話したくてたまらない。

オーバさんとふたりきりになると、あたしはテーブルの片《かた》づけをはじめた。オーバさんは、あまったフレンチトーストを容器《ようき》につめてから、アメリにえさをやる。

「ヘイゼル大おばさん」

あたしははじめて、略《りゃく》さずに呼《よ》んだ。

オーバさんはゆっくりとふりかえって、あたしの目をしっかり見る。

「なあに、ヘイゼル大めいさん？」

オーバさんが返事をして、あたしが、にーっと笑う。

「このまえ、話してくれたでしょ？　瓶《びん》のこと……それから、オーバさんが行っている場所と、化け物のこと。あのときのこと、おぼえてる？」

オーバさんが、やりかけのことをそのままにして、テーブルにもどってくる。あたしの話に一〇〇パーセント集中しようとしてくれているんだ。

「もちろん、おぼえているわ」

あたしは、うなずく。オーバさんの目を見て話さなきゃいけないことがあるのに、なかなかいいだせなくて、なんとなく片《かた》づけをつづけてしまう。

「あの……ホタルがいるんだけどね……」やっと口を開く。

オーバさんは、おどろいていないようだ。

「また来たの？」

おだやかで、心を落ちつかせてくれる声。

ああ、そっか。そうきくってことは、たぶんオーバさんはもう知っている……。どっと涙《なみだ》があふれだす。オーバさんがかけよって、背中《せなか》をさすってくれる。すると、言葉がせきを切ったように出てきた。あたしは、この何週間かずっと向きあってきたことを、なにもかもぜんぶ打ちあける。

「で、でも、いうことを聞かなかったの、今回は。ホタルと、さよならしたかったから」

おしまいまで話すと、あの日、オーバさんと話したおかげだよ、と伝える。ホタルのあとを追うのをやめられそうな気がするの、と。

その間ずっと、オーバさんはうなずいていた。

話しおえて、泣きやむと、なんだか急につかれてしまった。でも、もうひとつ、やらなければならないことがある。あたしとオーバさん、どっちのためにもなりそうなことだ。

「オーバさんの化け物を、ちゃんと見てもいい？」

オーバさんはおどろいた顔をしたけれど、秘密《ひみつ》の部屋の前に行くと、カギを開けて、ドアを引いた。オーバさんがわきによけたので、あたしはのぞきこむ。朝の光を受けた化け物は、それほど怖《こわ》くない。あのホタルも、そうなんだろう。瓶《びん》の中身は化け物というより、根がおかしな方向につきでた、いびつな形の野菜のようだ。

「これ、庭にうめるべきだと思う」あたしはいう。「育てるためじゃないよ」

しっかり目を見て、伝える。

「オーバさんが、さよならできるように。あたしがホタルにしたみたいにね」

今度はオーバさんが泣く番だった。あたしを引きよせ、ぎゅっと強く、痛《いた》いくらいに抱《だ》きしめる。ルビーのハグがあったかいホットチョコレートなら、これはオーバさんの作るアップルパイ。あまさと同時に、ガツンと刺激《しげき》が来る。

「そうね、そうしましょう」

とうとう、オーバさんはいった。

庭に行くまえに、あたしは昨夜と同じように、わすれずに茶色い吸入器《きゅうにゅうき》のボタンを二回おして、薬を吸《す》いこみ、念のために青いほうをポケットに入れる。

オーバさんといっしょに庭を歩いていく。とちゅう、サナギがあった花の前で立ちどまり、中身がからになっているのを確《たし》かめる。チョウは、とっくにどこかへ飛びたっていた。

「ここはどうかしら?」オーバさんがいう。

池のそばに、草がはえていない場所があった。瓶《びん》は、それぞれが、かごに入れて運んできた。両うでがぴんとなるほど、ずっしりしている。

ふたりで、もくもくと穴《あな》をほり、次々と化け物をうめていく。終わると、からっぽの瓶《びん》を持って、軽くなった心で、また家に入った。


「ヘイゼル!」

空港の人ごみでもよく聞こえる大きな声で、ママがさけぶ。オーバさんとあたしはそれぞれ、パパとママの名前を書いた紙をかかげている。あたしは、目立つようにアラビア語で書いた。でもそれをおろすと、人をかきわけて走り、ママとパパをおしたおしそうな勢《いきお》いで、ふたりに飛びつく。

「顔をよく見せてちょうだい!」

ママがあたしの顔を両手で包む。今なら、はっきりとわかる。ふたりが、あたしをすてるわけがなかったんだ。

「ママの手、冷たいよ！」

口ではそういいながら、手をはなしてほしくなくて、あたしはその手首をつかむ。

「ちょっと見ない間に大きくなったんじゃないか？」パパは目に涙《なみだ》を浮《う》かべている。「それに、その服。まるで……」

「オーバさんに選んでもらったの」

あたしは、にーっと笑う。慈善団体《じぜんだんたい》がやっている中古品の店に行って、古くてすてきな服を見つける方法をオーバさんに教わった。来週から制服《せいふく》を着なければならないのは、ちょっとざんねん。あたしの新しいファッションをルビーにも見てほしいのに。きっと、気に入ってくれるはずだ。

あたしは特にTシャツをたくさん買った。もう手をかくす必要がないから。でも、イギリスはだんだん寒くなってきたから、いいことがあるように自分で白いウサギの絵を描《か》いたデニムのジャケットをはおって、オーバさんみたいにウールのタータンチェックのズボンもはいている。

ようやく、オーバさんがあたしたちのところへ来た。ママは緊張《きんちょう》した顔で自己紹介《じこしょうかい》をしてから、あたしをわきに引っぱって、オーバさんがパパと話せるようにする。ふたりが、しっかりと抱《だ》きあう。オーバさんが「あなたが来てくれて、本当にうれしいわ」とささやくのが聞こえた。

帰りの車の中で、パパは助手席に座《すわ》って、オーバさんと久《ひさ》しぶりにゆっくり話をする。あたしは後部座席《ざせき》で、イギリスのことや、こっちに引《ひ》っ越《こ》してきて新しく発見したことなんかを、ぜんぶママに話して聞かせる。

とうとう、車がオーバさんのお菓子《かし》の家に着いた。

「今日の夕ごはんはトード・イン・ザ・ホール（注・「穴《あな》の中のヒキガエル」の意。耐熱《たいねつ》容器《ようき》に焼き目をつけたソーセージをならべ、ヨークシャープディングの生地《きじ》を流しいれて、オーブンで焼いた料理）だよ」あたしはいう。「でも安心して、ママ。本物のヒキガエルじゃないから」

それを聞いて、なぜだかみんなが笑いだす。家族の楽しそうな声を聞くのって、最高。ホタルのあまいささやき声なんかより、ずっといい。

37

「とてもよかったわ、エズラにアキン」バスラ先生がいう。

新しいクラスのみんなが拍手《はくしゅ》をしている。エズラとアキンは、最後の発表を終えたばかりだ。自分たちで作った物語をかわりばんこに読んで、もとになった物語をどんなふうに変えたのか説明した。

いよいよ中学校の最初の週がはじまった。新しいクラスには、サマースクールのときよりずっとたくさんの子たちがいる。今度はずっとたくさんの子たちのことを、また少しずつ知っていくってことだ。

今学期の作文の授業《じゅぎょう》では、おとぎ話を作ることになった。バスラ先生は、クラスのみんなが課題を理解《りかい》しやすいように、サマースクールに参加していたあたしたち四人に、夏に作った物語を発表してほしいといった。

学期末には、クラス全員の物語を一冊《さつ》の作品集にまとめるという。なんとあたしは、〈ホタルの森〉の絵を見たバスラ先生から、挿絵係《さしえがかり》までまかされた。

王子をテーマにしたエズラとアキンは、『シンデレラ』にひねりをくわえた物語を作った。ふたりの物語では、シンデレラは王子と結婚《けっこん》しない。かわりに、王子が実は宇宙《うちゅう》から来たサイボーグで、村の破壊《はかい》をくわだてていることをつきとめる。舞踏会《ぶとうかい》に出かけ、みんなの前で王子の正体をあばいたときはじめて、シンデレラは、いじわるな継母《ままはは》と姉たちから自由になり、その後、スパイになるのだった。

「シンデレラは、盗《ぬす》み聞《ぎ》きはお手のものでした」と、アキン。「ずっと、目立たないようにして生きてきたからです」

「スパイの仕事をはじめると、動物の友だちが手伝ってくれました。動物も、こそこそ動きまわるのは得意《とくい》ですから」エズラがつづけた。

「それにシンデレラは、スパイになるまえ、大きなお屋敷《やしき》で働いていたので、そういうお屋敷《やしき》のどこに秘密《ひみつ》の通路があるのか、ぜんぶ知りつくしていたんです。つまり、シンデレラは最初から、スパイになる運命だったというわけです」

アキンが発表をしめくくった。ふたりとも、ほこらしげだ。なんておもしろいアイデアだろう。

「本当にすばらしかった」と、バスラ先生。「『シンデレラ』の設定をうまいこといかしながら、選んだテーマにきちんとそった物語になっていました。シンデレラがどんなスキルを身につけて成長したのか考えたのも、よかったわ。スキルのいかし方もおもしろかったし。ひょっとしたら、シンデレラは掃除《そうじ》用品に見えるスパイ道具をたくさん持っていたのかもしれないわね」

「あ、それいいですね！」

アキンが、うれしそうにエズラをひじでつついて、ふたりともメモをとる。

先生とアキンたちは、物語のアイデアについて、しばらくおしゃべりをつづけている。その間、あたしは深呼吸《しんこきゅう》をして、ルビーと作った物語のことを考える。エズラたちの発表を聞いたら、なんだか緊張《きんちょう》してきちゃった。ふたりの物語はおもしろくて、みんなのうけもよかったけど、あたしたちの物語はちょっと複雑《ふくざつ》で、わかりにくいかもしれない。それに今日は、これまでよりずっとたくさんの人たちの前で発表しなければならない。でもだからって、あの三匹《びき》のホタルのことを、魔女《まじょ》と首なし騎士《きし》とオオカミのことを、なかったことにはできないよね？　だから、あたしとルビーは立ちあがって、物語の発表をはじめる。これは、あたし自身の物語だ。

発表には背景画《はいけいが》を使うだけでなく、物語のお供《とも》として自然界のなかまも参加させた。あたしの幸運のお守りだ。オーバさんにもらった黄色い水玉模様《もよう》のふたの瓶《びん》にお守りを入れたら、ちょっとした虫のテラリウムができあがった。クラスのみんなが中身をよく見ようと、席に着いたままもぞもぞ動いている。もう興味《きょうみ》を持ってくれたみたい。

美術《びじゅつ》の課題で描《か》いた〈ホタルの森〉の絵も飾《かざ》った。「雰囲気《ふんいき》作りのために」みんなに見せるべきだって、ルビーがいったから。

あたしたちは、森の中で、心に抱《かか》えた不安や恐《おそ》れとたたかわなければならなくなった女の子の話をした。その不安は、心配の種を見つけては食べ、どんどん大きく、強くなっていき、やがて化け物に変わる。けれども、女の子が森に入るたびに、木が守り、家に帰る道を教えてくれた。女の子は木の助けをかりて、化け物とたたかうことを学んでいく。助けてくれたのは、木だけじゃない。お守りもだ。カエルに、カタツムリの殻《から》、テントウムシ。

そして最後には、女の子の化け物は小さく、小さくなっていき、アリくらいの大きさにまでなったのだった。

「それで、どのおとぎ話をもとにしたの？」

のみこんでいるみたいに、だまっている。そして、しばらくすると、にっこりと笑った。

「すごい」という。「本当に胸《むね》を打つ発表だったわ」

先生が拍手《はくしゅ》をはじめると、クラスのみんなもそれにつづいた。エズラとアキンのペアは、バスラ先生をはさんで、あたしたちの反対側にいる。ふたりとも親指を立てて、満面の笑《え》みを向けてくる。拍手《はくしゅ》がやんで、教室がまた静まりかえると、バスラ先生は、あたしたちのほうを見た。

「最後にひとつだけ聞かせてちょうだい。あなたたちは、おとぎ話とはちがう、オリジナルの魔女《まじょ》を描《えが》いたわよね。魔女《まじょ》については、どんなことを学んだのかしら？」

「誤解《ごかい》されてるってことです」

あたしは、すかさず答える。自信を持っていうことができる。

「魔女《まじょ》は悪者なんかじゃない。あたしたちが参考にしたおとぎ話の魔女《まじょ》とはちがうんです」

あたしは、オーバさんのことを考えた。あの部屋にかくされているもののせいで、最初、オーバさんは悪い魔女《まじょ》かもしれないと疑《うたが》っていた。でもそれは、オーバさんの物語を少ししか知らなかったから――その秘密《ひみつ》を知らなかったからだ。同じことが、あたしにもいえる。あたしがしたのは、悪いことだったかもしれない。だまってアメリを連れていってしまったり、おそくまで家に帰ってこなかったり。でも、それしか見ていない人に、あたしの物語がぜんぶわかるわけがない。

「だから〈ホタルの森〉に出てくる魔女《まじょ》は、ああいう人にしたんです。だって魔女《まじょ》は、ほんとは、あたしたちとなにも変わらないから」

バスラ先生は、何度もうなずきながら、話を聞いてくれた。発表のあと、先生はあたしたち四人に「サプライズ」があるといって、なにかをとりにいった。その間に、ルビーが肩《かた》をぽんぽんとたたいて、ヘイゼルってすごい、とささやく。サマースクールでは堂々《どうどう》としていたルビーだけど、あのときよりずっとたくさんの人たちがクラスにいるせいで、すごく緊張《きんちょう》しているみたい。でも、だいじょうぶ。ルビーには、あたしがいるから。ふたりいっしょなら、なんだってできる。

「チャイムが鳴るまえに、四人の図書委員を紹介《しょうかい》します」

もどってきたバスラ先生がいう。開いた本の形の、ぴかぴか光るバッジを、あたしたちひとりひとりにわたしてくれる。これからは、制服《せいふく》のブレザーにこのバッジをつけるんだ！みんなによく見えるように。

バスラ先生が図書委員について説明してくれた。委員は、休み時間に図書室を特別に使うことができる（休み時間に使ってもいいのは、ふつう、上級生だけだ）。それから、先生といっしょに学校行事の企画《きかく》もするという。

わくわくして、ルビーのほうを見ると、あたしよりずっとうれしそう。

次の授業《じゅぎょう》のために席に着くころには、あたしはすっかり緊張《きんちょう》がとけて、リラックスしていた。ルビーといっしょにオーバさんの家に帰るころには、学校で楽しいことがありすぎて、おしゃべりがとまらなくなっていた。

ドアを開けて、中に入ると、キッチンにオーバさんとパパとママがいた。あたしたちのために、特大ピザと、たくさんの炭酸《たんさん》飲料やおやつが用意してある。ルビーのお父さんとお母さんも来ていて、みんなでちょっとしたパーティを開いてくれるという。中学校の一週目を無事に終えたお祝いだ。

このとき、気づいた。最初ここに来たときは、新しいことばかりであんなに怖《こわ》かったのに、それが今ではもうみんな、慣《な》れ親《した》しんだ、心地よいものになったんだって。

あたしは、パパとママがこっちに着いた一日目の夜に、ホタルのことを話した。だから、もしまたあの三匹《びき》がもどってきたとしても、ママとパパ、オーバさん、そしてもちろん大親友がいるから、だいじょうぶ。あたしがたたかえるように、助けてくれる。それに、オーバさんがいった。あたしがそうしたいと思ったら、もし必要になったなら、いっしょにリトル・ヌック精神保健《せいしんほけん》センターへ行って、専門家《せんもんか》に相談すればいいって。

幸運のお守りの瓶《びん》は、まだ手ばなせないけれど、みんなはなにもいわない。あたしの役に立つとわかっているから。オーバさんは毎週、どんな化け物とたたかっているのか話してくれる。それからいっしょに、その化け物を庭にうめる。こうするたびに、あたしは思い出す。たたかっているのは、自分だけじゃないんだって。

いろいろあったけれど、やっとここが、うちになってきたようだ。

……そして、いつまでも

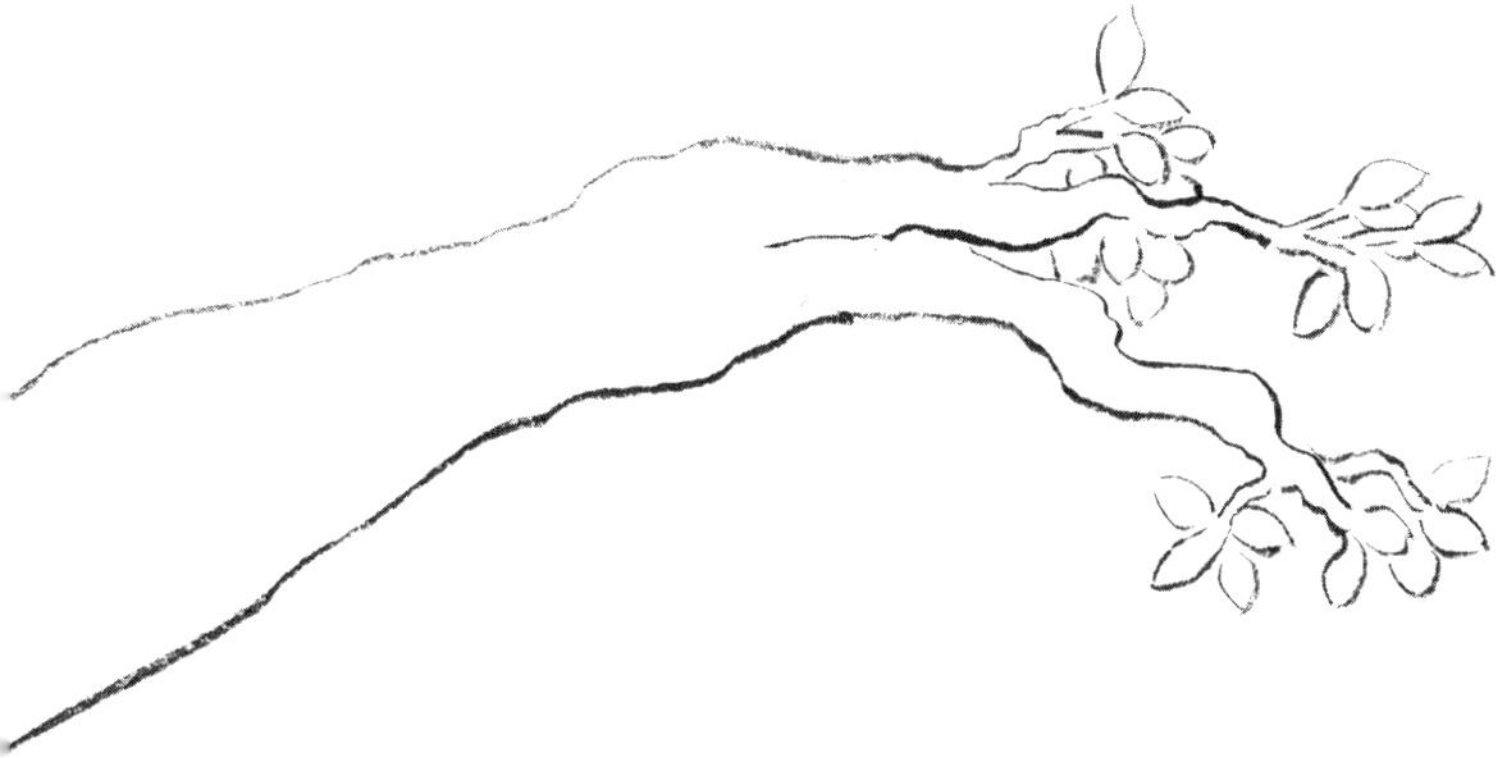

幸せに……とはいきませんでした。あの三匹《びき》のホタルが、ふたたびもどってきたのです。

女の子が思ったとおりでした。

女の子は、また森へ連れていかれました。森はこわれかけ、灰色《はいいろ》の世界と化していました。けれども、ここの木のことをいくらかでも知っていれば、わかるはずです。その心臓《しんぞう》も魂《たましい》も、地面の下にあることが。地中深くにしっかり張《は》った根にあって、灰《はい》になどなっていないということが。

めちゃめちゃにされた道と焼けのこった木にそって、女の子は歩いていきました。森の傷《きず》はやがて癒《い》えることでしょう。木のまわりには、もう野の花が群がるように咲《さ》いています。さながら、傷《きず》ついた木を守るよろいです。それはそれは色あざやかで、それはそれはたくさんの花が、この森にすむホタルよりも明るく輝《かがや》き、力強い光をはなっているのでした。

作者あとがき

アイシャ・ブシュビー

強迫性障害《きょうはくせいしょうがい》とは、ある考えが何度も頭に浮《う》かんできて不安になり、不安が消えるまで同じ行動を何度もくりかえしてしまう病気です。

わたしが強迫性障害《きょうはくせいしょうがい》だと最初にわかったのは、八歳《さい》か、九歳《さい》のときです。読者のみなさんの中には、同じ年齢《ねんれい》の人もいるかもしれませんね。わたしはヘイゼルとはちがう症状《しょうじょう》で、ホタルもやってきませんでしたが、ヘイゼルと同じ気持ちになりました。

いったんなにかが不安になると、もう自分ではコントロールできませんでした。不安を消すのに必要なだけ、何度でも同じ行動をくりかえしました。ヘイゼルが冒険《ぼうけん》をやりとげるのと同じです。

必要なだけ同じ行動をくりかえすと、安心しました。でも、それはいつまでもつづきませんでした。すぐにまた別の不安が浮《う》かんできて、それを消すための行動が必要になったからです。

だれかに知られるのが怖《こわ》くてたまりませんでした。そんなことを心配するなんて、そんな行動をくりかえすなんて、おかしい、やめなさい、といわれると思いましたし、そんなふうにいわれたら、すごく苦しくなってしまうからです。

同じ行動をくりかえさなければならないため、いつもつかれていました。ヘイゼルの冒《ぼう》険《けん》と同じように、たくさんのエネルギーを使うので、それ以外のことになかなか集中できなくなりました。

でも、ほかの人に話したら、気持ちが楽になりました。その人たちは、わたしがどんなふうに感じているのかを理解《りかい》し、強迫性障害《きょうはくせいしょうがい》とたたかえるよう助けてくれました。

強迫性障害《きょうはくせいしょうがい》は、ときどきもどってきます。ヘイゼルのホタルと同じです。でもわたしは、気にかけてくれる人たちや、理解《りかい》してくれる専門家《せんもんか》の助けをかりて、強迫性障害《きょうはくせいしょうがい》とたたかう方法をゆっくりと増《ふ》やしています。

もしあなたが今、ひとりで不安を抱《かか》えこんでいるのだとしたら、だれかに話すことで、楽になるかもしれません。たとえその不安が、どんなにおかしなことや、ばかみたいなことに思えたとしても、かまわないのです。まずは保護者《ほごしゃ》や学校の先生、あるいは信用できる友だちに話してみてはいかがでしょうか。

訳者あとがき

中林　晴美

クウェートから大おばさんの住むイギリスの小さな村に、ひとりで引《ひ》っ越《こ》してきた十二歳《さい》の少女ヘイゼルは、新しい国、新しい友だち、両親とはなればなれの日々、謎《なぞ》めいた大おばさんとの生活に、不安でいっぱいになります。やがて、気味の悪いホタルに導かれ、恐《おそ》ろしいおとぎ話のような世界と日常の世界を行ったり来たりするようになり……。

はたしてホタルの正体とは？　大おばさんは、いったい何者なのか？　強迫性障害《きょうはくせいしょうがい》の主人公が、心に抱《かか》える不安、自分自身、そして周囲《しゅうい》の人たちと向きあいながら、ひとつずつ、謎《なぞ》を解《と》きあかしていきます。

作者のブシュビーさんは、子どものころに強迫性障害《きょうはくせいしょうがい》を発症《はっしょう》した経験《けいけん》から当事者の感覚を伝えるためにこの物語を書いたといいます。本書は二〇二三年に「The Adrien Prize」という賞《しょう》を獲得《かくとく》しました。これは、障害《しょうがい》をもつ子どもを主人公にした児童文学作品に贈《おく》られる賞《しょう》で、審査員《しんさいん》を務《つと》めるのはイギリスの小学校高学年以上の子どもたちと学校司書です。

この本は、読者イチオシの一冊《さつ》ということになります。

主人公のヘイゼルは、生き物の群れを英語ではどう呼《よ》ぶのか調べるのが好きですが、この群れを表す言葉を「集合名詞《めいし》」といいます。たとえば、「ライオンの群れ」は「a pride of lions」といい、「pride（プライド）」が集合名詞《めいし》です。英語にはたくさんの集合名詞《めいし》がありますが、ぜんぶ覚えなければならないの？　と心配しなくてもだいじょうぶ。イギリスの方に質問《しつもん》してみたところ、特に意識《いしき》していないとのことでした。ライオンの集合名詞《めいし》を知らなくても、「lots of lions」や「some lions」といえば問題ないそうです。

ヘイゼルは夏の間、サマースクールに通いますが、サマースクールというのは、もともと、夏休みの長い欧米《おうべい》ではじまったものです。その主な目的は、子どもたちの学習を支援《しえん》することや、普段《ふだん》、学校では学べないことや体験できないことを通じて学びを深めてもらうことです。母語が英語ではない子どものために英語の授業《じゅぎょう》が行われることもあるようですが、ヘイゼルが参加した作文のクラスは、英語自体を学ぶためのものではなく、国語の授業《じゅぎょう》に近いと思われます。

さて、ヘイゼルの冒険《ぼうけん》に完全なる終わりはありません。でもよき理解者《りかいしゃ》と不安とたたかう強さを手にした今、その冒険《ぼうけん》はきっと、これまでとはちがったものになることでしょう。

もっと知りたい！

本書は作者が子どもの頃《ころ》に発症《はっしょう》した
強迫性障害《きょうはくせいしょうがい》の体験にもとづき創作《そうさく》した物語です。
強迫性障害《きょうはくせいしょうがい》について理解《りかい》する手がかりとなるサイトや本を紹介《しょうかい》します。
もし、あなたや大切な人が不安を抱《かか》え、こまっているなら、
だれかに相談してみましょう。

強迫性障害《きょうはくせいしょうがい》を知るために

WEB サイト

- 知ることからはじめよう　こころの情報《じょうほう》サイト
  https://kokoro.ncnp.go.jp/disease.php?@uid=MiyHEH6ZUZDxDeYX
- 子ども情報《じょうほう》ステーション by ぷるすあるは
  https://kidsinfost.net/disorder/illust-study/ocd/
- NHK ハートネット（福祉情報総合サイト）
  https://heart-net.nhk.or.jp/heart/theme/5/5_7/

本

- 『強迫性障害《きょうはくせいしょうがい》のすべてがわかる本』原田誠一／監修（講談社）
- 『本人も家族もラクになる 強迫症《きょうはくしょう》がわかる本』松田慶子／著　上島国利／監修（翔泳社）

こまっているときの相談先

- こころの健康相談統一《とういつ》ダイヤル（厚生労働省）

0570-064-556（ナビダイヤル）

＊相談に対応する曜日・時間は都道府県・政令指定都市によって異なります。

- チャイルドライン（特定非営利活動法人チャイルドライン支援センター）

〈電話で話す〉

0120-99-7777（フリーダイヤル）

＊18 歳まで。毎日午後 4 時～ 9 時まで対応（年末年始は休み）。

〈チャットで話す〉

https://childline.or.jp/chat/

＊ 18 歳まで。サイト内の「ごあんない」を確認してください。

掲載している情報は 2025 年 2 月現在のものです。